Best Time

白马时光

不剩一根鱼刺

THE CLUB OF ANGELS

〔巴西〕路易斯·费尔南多·维瑞西莫 著
LUIS FERNANDO VERISSIMO
吴天骄 译

天津出版传媒集团
百花文艺出版社

图书在版编目（CIP）数据

不剩一根鱼刺 /（巴）路易斯·费尔南多·维瑞西莫著；吴天骄译. — 天津：百花文艺出版社，2020.1
ISBN 978-7-5306-7837-4

Ⅰ. ①不… Ⅱ. ①路… ②吴… Ⅲ. ①短篇小说－小说集－巴西－现代 Ⅳ. ① I777.45

中国版本图书馆 CIP 数据核字（2019）第 282964 号

天津市版权局著作权合同登记章
图字 02-2019-364

不剩一根鱼刺
BU SHENG YI GEN YUCI
〔巴西〕路易斯·费尔南多·维瑞西莫 著　　吴天骄 译

特约策划：李青尘　**封面设计**：小贾
责任编辑：胡晓童　唐冠群
出版发行：百花文艺出版社
地址：天津市和平区西康路 35 号　　**邮编**：300051
电话传真：+86-22-23332651（发行部）
+86-22-23332656（总编室）
+86-22-23332478（邮购部）
主页：http://www.baihuawenyi.com
印刷：三河市金元印装有限公司
开本：787 毫米 × 1092 毫米　1/32
字数：80 千字
印张：6
版次：2020 年 1 月第 1 版
印次：2020 年 1 月第 1 次印刷
定价：36.00 元

如有印装质量问题，请与三河市金元印装有限公司联系调换
地址：河北省廊坊市三河市杨庄镇杨庄村
电话：0316-3650243
邮编：065000

所有的欲望都是对死亡的渴望。

疑似日本格言

一、相遇

卢西迪奥并非魔鬼的一百一十七个名字之一，我也没将他从地狱深处召唤至此以便他可以惩罚我们。当我第一次向俱乐部其他成员提起他时，有人说：“你在编故事！”但这不是真的，我是无辜的——好吧，就像作者一样无辜。当明显只有一个罪犯的时候，神秘故事里总是充斥着寻找罪犯的过程，单调沉闷，冗长乏味。

亲爱的读者，不用费心看这本书的最后一页啦，因为上面的名字和封面的名字一模一样——是作者的名字。在这种情况下，你可能会怀疑我不只是描述书中罪行的作者，我不仅用手指在键盘上编织了他们悲惨的命运轨迹，还在食物里下了毒，对情节干涉过多。这种怀疑基于逻辑，或者更确切地说，基于神秘故事的特殊逻辑：如果最后只剩下一个人活着，那他就是罪犯；如果有两个人活到最后，但其中一人是虚构的，那么另一个人肯定是罪犯。卢西迪奥和我是这个故事的幸存者，如果我没有编造他的存在，而他又不可能编造我的存在，那他显然有罪，因为他是厨师，而每个人都因美食而以不同的方式死去。如果我虚构了他的存在，那所有罪行就全都是我犯下的。我无法断言卢西迪奥是否纯属虚构，整个故事是否纯属虚构，因此我无法断言没有犯罪，或没有罪犯。小说无法减轻罪责，想象力并非借口。我们都有杀人的想法，但只有那个怪物，作者，用白纸黑字记下他的罪行并公之于众。我可能没有杀死我那九个俱乐部同伴和老饕，但我为写出杀死他们的小说而感到内疚。为了证明我是清白的，没有犯下这些可怕的罪行，我必须让你们相信卢西迪奥不是我编造出来的，我还得让你们相信这个故事是真实的，以证明我是无辜的，只是创作了一部小说。虚构的罪行比任何真正的罪行都要严重得多，毕竟真正的犯罪可能是出于意外，也可能是一时冲动的产物，但谁听说过没有预谋的虚构犯罪呢？

我可以给出我们初次见面的日期和地点。你若要证人，就去问那个酒庄的人。他们认识我，我每个月都在他们那儿花一大笔钱买葡萄酒，向他们打听丹尼尔医生，那个爱喝圣爱斯泰夫[1]葡萄酒的胖子。事实上，我不是医生，但我很富有，所以他们恭敬地称我为“医生”。九个月前，也就是今年2月，当卢西迪奥在酒

① 圣爱斯泰夫，又译为圣达使提芬、圣埃斯泰夫，位于法国波尔多左岸梅多克区的最北面，以生产浓烈而旺盛的葡萄酒享誉世界，该产区主要的葡萄品种为赤霞珠和梅洛。

庄的波尔多[①]葡萄酒区走近我时，他们肯定注意到了我和他之间的差别。他又矮又瘦，脑袋大得出奇，但他西服革履，穿着考究，而我又高又胖，衬衫松松垮垮的，没掖进裤子里，即使去巴黎米其林餐厅杜卡斯，都穿帆布便鞋。酒庄的人肯定注意到了我们之间的明显差异并加以评论。他们会告诉你，那个地方空荡荡的，我们在波尔多葡萄酒区开始聊天，一起溜溜达达逛遍了整个酒庄，等到了智利葡萄酒区，我们就熟如老友了。他们可能还记得，在他的推荐下，我买了一瓶平日里不会买的卡奥尔[②]酒。我们一起离开了酒庄，大家都看到了。在这世间，卢西迪奥确有其人，我发誓，到酒庄那儿去问问吧。

酒庄的人不知道的是，后来，我们去了一个购物

---

① 波尔多，位于法国西南地区，是世界公认最大的葡萄酒产地。波尔多葡萄酒享誉世界，有“法国葡萄酒皇后”的美称。

② 卡奥尔，法国西南产区的一个次级葡萄酒产区，位于卡奥尔市附近，洛特河两岸，是法国西南产区的一个重要组成部分。该产区最主要的葡萄品种是马尔贝克，其次是梅洛和丹娜。该产区出产的红葡萄酒口感浓稠，颜色深黑，有红葡萄酒中“黑酒”的美誉。

中心喝咖啡，继续聊天，因为我们在很多方面都兴趣相投。不过初次见面，我们聊的主要是食物和饮料。卢西迪奥行为拘谨，几乎不打手势，他坐着的时候，后背直挺挺的，头几乎一动不动。我坐下或者用餐可不怎么顺当，不借助外力，过程就很艰难。那天，在我安全地坐在椅子上，叫来服务生之前，我打翻了一个糖碗，差点儿掀翻桌子，把酒瓶掉到地上。可怜的莉薇娅，我的女朋友，说我没意识到自己的体形有多占空间，因为我一直是个被宠坏了的胖孩子，这跟我是独生子有关，没人约束我。可怜的莉薇娅是一名心理学家兼营养学家，多年来一直试图拯救我。她跟我在一块儿，与其说是出自对情人的爱恋，倒不如说是出自对事业的热爱。我曾有过三任妻子，她们都贪图我的钱，但莉薇娅不是为了钱而跟我在一起的，她想成为拯救我的那个女人，这让我觉得她的内心更加自私和可怕。也许这就是我拒绝和她结婚的原因，但我却一点儿也不反对和其他女人结婚，尽管我很清楚她们并不是因为我的大腹便便而爱我，我们各住各的，但她们会打理我的公寓和我的衣着，并试图照看我的饮食，而莉薇娅办不到。我相信，如果她办得到的话，她会只允许我摄入她的乳汁和富含纤维素的食物，大量富含纤维素的食物。我说话太大声且话太多，这是我无拘无束的童年所带来的另一个后果。莉薇娅让我相信我人生的全部悲剧都归根于没人对我说：“丹尼尔，别这样！”

我记得当我第一次见到卢西迪奥时，大部分时间都是我在滔滔不绝。我跟他说了我们的俱乐部，还把所有俱乐部成员的名字都告诉了他，我每说一个名字，卢西迪奥就回以“嗯”“啊”等类似词语，以表明他对这个名字印象深刻，毕竟我说的可是这个州最出名的九个家族。最后，我把自己的名字告诉了他，这也给他留下了深刻的印象，或者更确切地说，他很有礼貌地发出另一种声音，同时始终保持着不变的不自然的微笑。奇怪的是，卢西迪奥从没把牙露出来过。

等一下，现在我想起来了，他说："我知道！"当我告诉他我的全名，丹尼尔加上姓氏时，他说："我知道！"你肯定在想，这只能证明这次会面并非纯属偶然，但他可能从照片上认出了我。多年前，当拉莫斯掌管我们的生活时，我们可是被媒体频频提及——在社会版或者专业的饮食杂志上。他可能从照片上认出了我们全部十个人，通过照片，也或许是我们本身的名气。我们仍然每月举办一次晚宴聚会，从 3 月到 12 月，一年中有十个月。每个月，我们轮流在不同成员的家里用餐，轮到的成员负责提供晚餐。我们将在 3 月开始新一轮聚会，我负责开年晚宴，但新一轮聚会也有可能不会开始。卢西迪奥问我为什么。

"俱乐部正在分崩离析，我们失去了活力。"

"你们聚了多少年？"

“二十一年，今年就是第二十二个年头了。”

“俱乐部成员总是一成不变吗？”

“是的，不，要是有人死了，就有人被替换进来，但是总会有十名成员。”

“你们的年龄差不多大吗？”

从他提问的口气来看，卢西迪奥可能一直在桌子上做笔记。然而，当时我并没有注意到那种质问的语气。我把一切都告诉了他，我向他讲述炖牛肉俱乐部的历史。卢西迪奥一直双唇紧闭保持微笑，仅以“嗯”“啊”应对。

我们年龄相仿，家境富裕。我们的财富承自父辈，受我们反复无常的性格和起伏不定的市场影响，在过去的二十年里有增有减。我经历了三次不幸的婚姻，一辈子都在收集各种稀奇古怪的故事，粗俗无礼、游手好闲。我之所以清闲，是因为我父亲宁可花钱供着我，也不让我毁了家族企业。除了拉莫斯，我们年龄相仿，来自同一社会阶层；除撒母耳和拉莫斯外，佩德罗、保罗、扫罗、马科斯、蒂亚戈、若昂、亚伯和我一块儿长大。青春期的时候，我们几乎每天在阿尔伯里的酒吧聚会，阿尔伯里的炖牛肉、木薯粉鸡蛋饼和油炸香蕉多年来影响了我们对美食的定义，我们逐渐发展为每周在不同餐馆吃晚餐，每月在各自的家里聚会。随着时间的推移和拉莫斯的谆谆教导，我们的品位也有所提高，然而，撒母耳仍然坚持说，生命中没有什么美味能比得上油炸香蕉。

“主人总得做饭吗？”

“不一定。如果他愿意，他就做，或者他可以提供别人做的食物，但是他要对饭菜的质量负责，还得提供葡萄酒。”

“那发生了什么？我不明白。”

“你指什么，发生了什么事？”

“活力，你说失去了活力。”

“噢，对。我想，当拉莫斯死的时候……因为拉莫斯死了。他是我们的组织者。他定下了规矩，印制了有标记的信笺和卡片，他甚至设计了俱乐部的盾形纹章，他对这一切都很认真。在他死后……”

“死于艾滋病。”

“对，一切都变了。去年最后一次晚宴糟糕透顶了，就好像我们彼此厌恶，都烦得不想见面。事情发生在巧克力小子蒂亚戈的公寓，饭菜好极了，但晚宴结束得很糟糕，女人们甚至打了一架。这是一年中最后一次晚宴，这总是一个特殊的时刻，在圣诞节的时候。我想，在拉莫斯死后的最初两年里……”

“你一直在失去动力。”

“是的，动力、精力、活力。”

“除了你们的饥饿以外。”

“除了我们的饥饿以外。”

深夜的购物者开始陆续到来。我们又要了两杯咖啡。像往常一样，我给自己加了糖，撒了一些在碟子里。我意识到，我不仅在讲述我们俱乐部的缓慢解体，还在讲述我们的饥饿传记，以及在二十一年的时间里，我们的饥饿传记和我们自身发生了什么变化。

起初，把我们团结在一起的不只是吃喝玩乐的乐趣，也有一定程度的炫耀之心。当阿尔伯里的炖牛肉被更好吃的东西取代之后，我们的晚宴蜕变成了权力的仪式，尽管我们当时并未意识到。我们有能力吃得好、喝得好，所以我们只吃最好的、喝最好的，并故意让别人看到和听到我们行使这种特权。不仅如此，我们可不是蠢货，我们与众不同，在热热闹闹地庆祝相同品位时，我们沉醉于友谊和与众不同本身，更懂得欣赏生活和生活的乐趣，真正使彼此团结在一起的是，我们确信饥饿代表着有朝一日这个世界会激发所有的欲望。一开始，我们是如此贪婪，以至只要没得到这个世界，我们就觉得犹如性交中断。我们想要这个世界，但我们最终只是被困在城市里的失败者，在自己的屎堆里打滚儿。但我有点儿说过头了，丹尼尔，别这样！我们还在购物中心的咖啡馆里，我坐在卢西迪奥对面，一边往咖啡杯里倒糖，一边向他倾诉我的生活。

那天晚上，拉莫斯决定正式创立炖牛肉俱乐部——这个名字是为了纪念我们过去的生活，作为懵懵懂懂的美食家的那些岁月——马科斯、扫罗和我成立了我们的公关公司。一次，我说服了父亲，结束了我游手好闲的日子，得到一些资金支持，或者至少提前支取几年的津贴，以便开始我自己的生意。我们有很多计划，很快，我们就会成为公关界的明星，马科斯有艺术才华，我有写作技巧，扫罗有与人打交道的天分，擅长销售和有创意地吹牛，保罗被选为市议员。他自由主义的观点让他的银行存款和我们这些朋友都感到不安——他过去把我们都叫作该死的反动派，但他很聪明。我们确信，过一段时间，他将会拥有辉煌的政治生涯，这在很大程度上得益于他有一个在国家安全警察部门当高官的兄弟。蒂亚戈开始在建筑界扬名立万，佩德罗在欧洲与玛拉——我们都深爱着她，共度了一年的漫长蜜月后，才终于接手了家族企业，尽管他的家人一再要求他回家。教我们投资股票市场，给我们供雪茄、讲笑话的若昂，我们聪明的若昂，用撒母耳的话来说，开始赚“令人憎恶”的金钱。亚伯，我们善良、敏感的耶稣信徒，只吃烤肉和鱼，最近离开了他父亲的律师事务所，自己开了一家，和佩德罗一样，他也正逢新婚宴尔。那时，自己当老板的热情以及与诺瑞华结婚都让他兴高采烈，但是因为离开了父亲的羽翼，他的兴奋中还混杂着内疚。他不知道，诺瑞华已经和我们俱乐部里的另外两个家伙有过鱼水之欢，甚至有一次轻薄过撒母耳。亚伯偶尔会打断我们的自我庆祝，喊道："神奇的时刻，诸位，神奇的时刻！"当然，这一刻的魔力就因此而破灭了，撒母耳认为这种不断对顿悟的需求是亚伯宗教信仰的残余物。

撒母耳，我们这群人中最出类拔萃的家伙，也最坏，还是那个吃得最多，但从不发胖的人。他最爱我们，却又对我们侮辱最甚。他最喜欢用"杂种"这个词来形容每一个人，从对侍者的"哦，杂种先生"到对教皇的"他的杂种"。他是我们当中头脑最清醒、最执迷不悟的人，他是最后死去的人，这个月，就在我眼前，他极为痛苦地死去了。最后还有拉莫斯，他让我们相信我们的饥饿不仅仅是身体上的饥饿，我们是有见识的人，我们的贪婪是一代人的贪婪，或者，至少我们不只是十足的杂种。拉莫斯——撒母耳称他为"我们神圣的杂种"——总是在我们的聚会中发表演讲。一切都是他发起的。他给我们平常的晚餐带来了某种庄严的气氛，他把围桌而坐的这十个人，只有这十个人组成了俱乐部，直到死亡或女人把我们分开，然后他把大块儿的面包泡在葡萄酒里，这样我们就可以一起咀嚼，一起吞咽，就好像在许下忠诚的神圣誓言。这个仪式模仿了领受圣餐的流程，亚伯觉得非常感人。

起初，拉莫斯是我们俱乐部里唯一一个真正的美食家。他谆谆教导我们，让我们的饥饿秩序井然别具一格。他说服我们，炖牛肉俱乐部的第一步应该是最终放弃把阿尔伯里的炖牛肉作为美食品质的参数，有些人对此表示反对。多年以后，每当撒母耳想惹拉莫斯生气时，他总会为油炸香蕉的好处辩护一番。但撒母耳什么都吃，而且我们怀疑，什么人都吃。拉莫斯告诉我们，我们在实践一种独特的艺术，美食是一种无与伦比的文化乐趣，因为别的文化乐趣无法带来同样的哲学挑战，欣赏需要摧毁被欣赏的事物，而崇拜和消费浑然一体；

在对艺术的感官认知方面，没有一种艺术能与吃相提并论，任何艺术，他认为只有一个例外，那就是真正抚摸米开朗琪罗雕刻的大卫屁股。他在巴黎住过几年，去欧洲旅行参观著名的餐厅和葡萄园是他的主意，按照撒母耳的说法，他组织欧洲之旅时带着“典型同性恋式的一丝不苟”。他曾经警告过我们，一旦我们允许女性加入这个俱乐部，一切就都会变糟。必须是那十个人，而且只能是那十个人，否则俱乐部的吸引力就会消失，我们也会消失。他真是个先知[①]。

我不知道为什么我会把所有这一切告诉一个几乎素不相识的人，也许是因为我以前从未有过这样专心致志的听众。卢西迪奥依然直挺挺地坐着，双手交叠放在桌上，像个整整齐齐的包裹，只在啜饮咖啡时才分开，他的脸上始终挂着不自然的微笑。时间不早了，我得回

① 译者注：《圣经·旧约》中的人物撒母耳，名字意为“神听到了”“从耶和华那里求来的”。《圣经·民数记》中记载：他是比珥的儿子，住在米所波大米（两河流域，今天的叙利亚境内），是以色列的最后一位士师，也是以色列人立国后的第一位先知。

家给莉薇娅打电话，她对我独自去购物中心忧心忡忡。我的住处离购物中心很近，可以步行来回，所以过去她常说，考虑到我身躯笨重，我之所以没有在街上被抢劫，唯一的原因是抢劫者担心，这么容易的目标可能只是某种圈套。我邀请卢西迪奥到我的公寓来，想给他展示一下我的葡萄酒，我还想继续跟他说说我们的故事。我不知道为什么，在我们的圣诞晚宴上，撒母耳曾引用了一句拉丁语习语，引自《萨蒂利孔》[①]。一切都以海难告终，或者类似的东西。卢西迪奥在海难中发现了我，当时我几乎完全沉入海底，只有嘴巴还露在水面上，垂死之时，一直在绝望地胡言乱语。我需要向人倾诉我和我朋友的生活悲剧，而我终于找到了一个专心的听众，一个不会建议我多吃富含纤维素的食物的人。

---

① 《萨蒂利孔》，作者佩特罗尼乌斯，是一部诗文结合的讽刺小说，既有严肃的成分，也有极多的喜剧因素，更不乏色情颓废的内容，通常将其与阿普列尤斯的《变形记》一同列为“罗马小说”。由于它在写作手法和表现形式上都具有流浪汉小说的特征，被认为是欧洲文学史上最早的一部流浪汉小说。《特里马尔奇奥家的晚宴》是全书保存最完整的一卷。

直到过了很长一段时间，我才想到：卢西迪奥怎么知道拉莫斯是死于艾滋病的呢？这仅仅是种预感吗？他是否早就认识拉莫斯，知道他的死因，并无意中泄露了这个消息？还是他给了我第一个线索，让我明白他为什么来到我们的生活中并毒死我们。

二、鱼鳞

有时候，我觉得我对公寓做了我想对我的大脑做的事情。所有的杂物都被清理一空，这套公寓有两个巨大的空房间，看起来都能开场舞会，不过我从来没开过。裸露的拼花地板上，两张长长的白色沙发靠着白色的墙壁，被摆放成“L”形，巨大的窗户上挂着米黄色的窗帘，这是我在色彩方面唯一能做出的让步，或者，更确切地说，唯一对莉薇娅做出的妥协。当炖牛肉俱乐部的晚宴，现在或曾经，在我的公寓举办时，我会把大餐桌放在较大的那个房间的正中央。不举办晚宴的时候，这张桌子就会被拆除，椅子会被堆放在阳台上，而我在厨房的餐桌上用餐。卢西迪奥嘴角噙着一丝微笑，仔细地打量着一切，什么也没说，这可能是他对这两个巨大的空房间做出的唯一反应。

在另一头，在我的书房里，我按记忆中的一张童书插图尽力仿造了一对松鼠的家，那一直是我生命中温暖的家庭生活典范。我把墙壁从上到下都嵌上木板，就像我也住在树洞里，靠贮藏的坚果过冬。我清楚之所以我所有的婚姻都出了问题，是因为我的三任妻子都不明白她们在我生活中扮演的是松鼠太太，甚至连我的灯台也是用结疤多的木材做的，就像松鼠夫妇的灯台一样。我喜欢的一切都在这个房间里，在这个杂乱的空间里，莉薇娅的文明入侵屡遭抵制。报纸和杂志散落在地板上，此外还有白兰地酒杯、我的干邑白兰地①和阿马尼

① 干邑白兰地，世界八大名酒之一，是在法国西南部的干邑区蒸馏的葡萄白兰地酒，经两次蒸馏而成，储藏于橡木酒桶中成熟。“干邑”一词是顶级白兰地的身份象征。

亚克酒[1]的酒瓶以及雪茄，总而言之，那些都是我为过冬贮藏的坚果。哦，还有我的电脑，我在上面写那些让莉薇娅惊恐的废话，比如我那没完没了的同性恋连体姐妹的故事，我一边等着斯佩克特先生的第二次来访，一边在电脑上用打字的方式把这些话写下来，但我又有点儿说过头了。我的树洞里还有我的电视、我的录像机、我的磁带、我的音响系统、我的激光唱片，所有我需要抵御雪和狼围攻的东西都在这儿了。还有几本书，只有几本关于美食和葡萄酒的书，还有几本没开过封的广告合订本，那还是我和马科斯、扫罗一起开公关公司的时候买的，不过我们的公关公司只经营了八个月就关门大吉了。拉莫斯是俱乐部成员中唯一博览群书的人，蒂亚戈会一遍又一遍地读侦探小说，那些小说把他家里塞得

① 阿马尼亚克酒，法国阿马尼亚克地区的一种经蒸馏制成的中高度葡萄烧酒，是最古老的法国白兰地。据说是在 11 世纪到 17 世纪之间，创造了阿拉伯安塔卢西亚文化的摩尔人发明的。在阿马尼亚克酒刚刚进入法国人生活时，人们不仅把它当作一种美酒，还相信它有药效。人们甚至曾经用它治疗肝炎，把它当成止痛剂，并且用它壮胆。

满满当当的，因为他有强迫性购买症，见到侦探小说就想买。当保罗放弃了信仰，也放弃了政治，去佩德罗的公司工作时，他就完全停止了阅读。我不知道撒母耳的修养从何而来，也不知道他在冒犯他人时展露的学识从何而来，例如，他曾把亚伯与诺瑞华离婚后的苦楚与菲罗克忒忒斯[①]的痛苦相比。在《奥德赛》[②]中，菲罗克忒忒斯曾因伤口开裂化脓而被厌恶他的同伴遗弃在一个荒岛上，撒母耳会在我们尽力安慰亚伯的时候，对哭哭啼啼的他说："菲罗克忒忒斯，你自己臭气熏天去吧。"

---

① 菲罗克忒忒斯，色萨利（Thessaly）的墨利波亚（Meliboea）国王波阿斯（Poeas）之子，特洛伊战争中希腊联军的将领。他精通箭术，是希腊第一神箭手。他还是大力神赫拉克勒斯的朋友，赫拉克勒斯在死后将自己的神弓和箭遗赠与他。在前往特洛伊的途中，由于在利姆诺斯岛被水蛇咬伤，双脚感染恶毒，菲罗克忒忒斯被奥德修斯遗弃在那里。伤好后，他去了特洛伊，并射杀了掳走海伦、掀起战争的特洛伊王子帕里斯。

② 《奥德赛》，又译《奥狄赛》《奥德修纪》或《奥德赛飘流记》，是古希腊最重要的两部史诗之一（另一部是《伊利亚特》，统称《荷马史诗》），相传作者为盲诗人荷马。这部史诗是西方文学的奠基之作，是除《吉尔伽美什史诗》和《伊利亚特》外，现存最古老的西方文学作品。

然而，漫长的夜晚，他会陪伴亚伯流连酒吧或是漫步街头，倾听亚伯的痛苦和愤怒，直到亚伯把诺瑞华从生命中清除出去。撒母耳说：“没有什么能比忏悔室更管用了，即使对已经堕落的天主教徒来说也是如此。”我从没见过撒母耳读书，就像拉莫斯从来没有向我们透露过他是个同性恋者一样，撒母耳也对其他俱乐部成员隐瞒了他的精神生活。

在我的书房里，马科斯的画是仅有的装饰品，那是扫罗送给我的。马科斯糟糕的画作随处可见，我没用酒架，而是用了两个恒温酒柜放酒，上面画了仿藤蔓和木节的纹理，与松鼠的葡萄酒铺正相衬。我把那瓶从酒庄那儿买来的卡奥尔酒放进其中一个酒柜里，然后不顾卢西迪奥的反对，马上选了一瓶 1982 年的奥德碧丝庄园[①]红葡萄酒来喝。正当我开瓶的时候，电话铃响了，

---

① 奥德碧丝庄园，又称列桑姆彼兹城堡，位于法国波尔多最北面的圣爱斯泰夫村。奥德碧丝庄园的葡萄酒通常需要存放五年以上，才能进入适饮期。

是莉薇娅打来的，我之前忘了打电话告诉她我今天的情况。

“你在忙什么？”

“没忙什么。”

“这是我第三次打电话了，你刚才去哪儿了？”

“我刚才在购物中心跟别人聊天呢，这会儿有个朋友和我在一起。”

“不是撒母耳吧！”

莉薇娅害怕撒母耳。在晚宴间隔期间，撒母耳是唯一一个定期拜访其他俱乐部成员的人，他试图让俱乐部成员保持团结，让我们的友谊长存，尽管他有点儿阴郁，只会让我们想到时光对我们的影响，而且他在拜访我们时，一心只想说别人的坏话。撒母耳还像年轻人一样有个好胃口，但随着时间的流逝，他的身体越来越消瘦。他那疏于保健的牙齿和眼睛下面的黑眼圈让他显得神态颓废，他摆出一副颓废的样子，仿佛要强迫我们正视现实中的自己。我们的失败使撒母耳垂头丧气，我们对诺言的违背使他愁容满面。二十年前，在我们还没体会过床第之欢时，歧视女性的撒母耳就因为眼眸深邃和嗓音沙哑而在女人堆里混得如鱼得水。甚至连保罗都没撒母耳受欢迎，按撒母耳的说法，保罗把自己称为“选票捕手”，用它来征募各个年龄段和各种类型的女性选民，无论何时何地。有一次，为了把撒母耳从监狱里弄出来，我们不得不动用我们的集体影响力，因为他揍过的一个女人竟然有强大的靠山，她还向警方投诉了撒母耳。佩德罗认为我们应该让撒母耳留在监狱里，给他一个教训。也许佩德罗知道撒母耳做了除拉莫斯以外，俱乐部每个成员都想做的事：跟佩德罗的妻子玛拉上床。她皮肤白皙，头发又长又直。我们否决了对撒母耳进行任何惩戒性处罚的想法，炖牛肉俱乐部一切自理。这不只关乎替撒母耳脱罪，还是考验我们在这个城市的影响力。撒母耳已经告诉过我他没有能力了，甚至打女人也不再能让他兴奋起来。他甚至把这归咎于我们在过去二十年中错失的一切人生经历："这是我为你们做的，你们这些废物。我是我们这群人的救世主，为拯救世人而死在了十字架上。为了你们，我牺牲了很多！"莉薇娅确信撒母耳是个恶毒的家伙，他想抓住我的脚踝，把我拖进他的地下迷宫，接近地狱，却远离她。"他甚至看起来都像条虫。"她常这么说。

"不，莉薇娅，不是撒母耳。"

"那是谁呀，津？"

津是津霍[①]的缩写，津霍是丹尼尔·津霍[②]的缩写。我已经找到我的松鼠太太了。

"这人你以前没见过。"

我差点告诉她，跟我待在一起的那个人其实跟撒母耳截然不同，那是一个彬彬有礼、和蔼可亲、举止优雅的新朋友，据我推测，他还有一口好牙，对任何人都

① 译者注：文中主人公的姓。

② 译者注：文中主人公的全名。

没有威胁。

那时我对此所知甚少。

那是去年2月底的一个晚上，卢西迪奥给我看了那片鱼鳞。一片小小的多棘鱼鳞，长约两厘米，塑料包装上印有白色的文字，与鱼鳞本身的红色形成了鲜明的对比。他小心翼翼地从皮夹里拿出鱼鳞，我不知道他钱包里是不是总是装着鱼鳞，也不知道他是不是为这一刻而事先排练过。卢西迪奥把鱼鳞举到我面前说："我是西方世界唯一有这种鳞的人。"

"这是什么？"

"这是河豚鱼身上的鳞片。我参加了一个秘密社团，这个社团每年在日本的串本町[1]聚会一次，吃新鲜的河豚。我和一个中国人是这个社团中仅有的非日籍成员，或者，更确切地说，我们曾经是。那个中国人在上次聚会中去世了。"

① 串本町，和歌山县东牟娄郡的一个町，是本州最南端的地方。

“怎么了？”

“他被毒死了。河豚是一种有毒的鱼，如果没有训练有素的专家准备食材，以特定的方式去除鱼的内脏，它的毒素可以在几分钟内杀死人。只用了八分钟，这个人就一命呜呼，死状凄惨。”

我笑了笑，至少，我以为我笑了笑，想看看这是不是个玩笑。但是卢西迪奥脸上那抹微笑已经消失了，这不是开玩笑，他接着说：“培养一名河豚厨师需要三年时间，每年，社团都会设置一场终极考试来确定谁将获得河豚大师的头衔。有十名学徒参加考试，每名学徒挑一个志愿者来品尝他为考试料理的新鲜河豚，如果鱼没被处理好，志愿者会在几分钟内死亡。”

“那个学徒会怎么样？”

“他得再学艺一年。”

“这个社团是由这些志愿者组成的……”

“没错。社团有十名成员。由于这门厨艺课的失败率为百分之三十，而且每次考试平均有三名志愿者死亡，因此成员不断被更新。但是想加入这个社团的人还有很多，我不得不等了七年。”

“志愿者参加考试能获得什么？”

他笑了，这一次，他的微笑几乎是恰如其分。

“我没想到你会问这样的问题……”

“所以为什么……”

“丹尼尔，生河豚的美味举世无双，行走在死亡边缘的风险将吃河豚的乐趣增加了两倍。在几秒钟内死亡的可能性会产生一种化学反应，从而增添了河豚的美味。在日本，所有人都可以吃到由专业厨师料理的河豚，而且风险极小，但只有在串本町，一年一度，你才能在吃河豚的时候经受吃一口就濒临死亡不知能不能活下来的风险。这是无与伦比的美食体验，所以它是一个秘密社团，它是世界上最排外的美食俱乐部，这种考试私下进行，并不公开。”

“那你是怎么知道的？”

“我碰巧对一个日本朋友说，我已经尝遍天下的美味佳肴，我不认为还有什么美食好体验的了。于是他说：‘你想打赌吗？’奇怪的是，我们也是在一个酒庄那里偶然相遇的。”

“而且他还是那个社团的成员。”

“是的，讽刺的是，我取代的是他的位置。他死于极乐，他有两片鱼鳞。”

“两片？”

“谁能活过十次河豚会，也就是十年，就会得到一片这样的鱼鳞。他在对河豚的恐惧中熬过了二十年。”

“塑料包装上写的是什么？”

“这是一个日文表意文字，可以用多种方式翻译。它可以被译为‘所有的欲望都是对死亡的渴望’或者‘饥饿是失聪的车夫’抑或‘圣人和智者用同样的牙齿吃饭’。”

“这都是用一个表意文字表示的吗？”

“你了解东方人是什么样的。”

“这些考试你参加了多少次？”

“十七次。”

卢西迪奥倾身向前，仿佛在低声倾诉一个秘密。

“每一次都让我勃起得更厉害。”

我们喝掉了两瓶奥德碧丝庄园红葡萄酒，还喝了几杯白兰地，但是卢西迪奥一刻都没放松他那僵硬的姿势，他脸上一直挂着充满关切的微笑，甚至连领带也没有松开。当我说我饿了，他自告奋勇给我做了一个煎蛋卷，我很长一段时间都没吃过这样的煎蛋卷了。外层是完美的棕色，内里湿润滑嫩，滑落盘中，宛若众神饮用的琼浆玉液，他以前在巴黎住过一段时间，便学会了做煎蛋卷。我们谈论煎蛋卷和它们的烹饪秘诀，讲了一个多小时。我问他除了煎蛋卷以外，还有什么拿手菜，他说他精于经典的法国菜，除此之外，他做的法式烤羊腿令人赞叹不已。我不记得当时是否对他说过，这碰巧是我最喜欢的一道菜，现在我知道当时他这么说并非巧合。我告诉他，我很担心下个月炖牛肉俱乐部新一轮的首次晚宴，我负责操持这次晚宴，这是一次重要的晚宴。这一年，炖牛肉俱乐部要么走出拉莫斯死后的低迷，要么散伙。在蒂亚戈家灾难性的圣诞晚宴之后，甚至可能很难让我们十个人再次围着同一张餐桌坐在一起，更不用说那些女人了。二十一年来，十名俱乐部成员的历任妻子或者情人的数量差不多达到了二十个，其中包括我的三任妻子和正值青春期的吉塞拉——亚伯在跟诺瑞华离婚以后领养的女孩，还有佩德罗在玛拉之后交往过的两个女人，其中一人在被介绍给撒母耳的时候，突然歇斯底里地哭了起来，显然之前曾经见过他。在那一刻，据我所知，六名俱乐部成员都曾跟别人的伴侣鬼混过，莉薇娅拒绝与这些晚宴扯上任何关系，她经常让我离开俱乐部，以那次决裂为契机合理饮食，尝试重建我的生活。如果我愿意，我可以回去工作或者出版我那些稀奇古怪的故事。

卢西迪奥提出帮我掌厨晚宴，我接受了他的提议，很大程度上是因为我想把他介绍给其他俱乐部成员。他说他宁愿保持匿名，他不会成为炖牛肉俱乐部的一员。他会待在厨房里。我建议他做法式烤羊腿，但他说了一些话，当时我觉得很有意思。

“不，这道菜我想留到最后再做。”

他在厨房里转了一圈，清点了我的锅碗瓢盆。

尽管我觉得我们已经亲密无间，但当卢西迪奥离开我的公寓时，他以住在附近的理由而拒绝了我给他叫出租车的提议，还跟我握了握手，同时双脚并拢，简短而正式地鞠了一躬。五分钟后，莉薇娅打来了电话。她总是在深夜打电话问我吃过些什么，是否凑凑合合地勉强填饱了肚子。

“你刚才跟谁待在一块儿啊，津？”

“我以后再告诉你。”

“是女人吗？”

“不，不是。我以后再告诉你。”

“那是谁，到底是谁去过那儿？”

临走前，在记下了我的电话号码后，卢西迪奥询问他能否给我一个忠告，关于晚宴的忠告。

“当然行，说吧。”

“不要邀请女人。”

三、勃艮第红酒炖牛肉

第二天，我接到了电话，是卢西迪奥打来的。他开始解释自己是谁：“我给你做过煎蛋卷……”我打断他的话：“是的，是的，你好吗？”他说他已经备齐了晚宴要用的食材，尽管离晚宴还有两周，但他已经决定好要烹饪什么了——勃艮第红酒炖牛肉[①]。

“哦，亚伯会喜欢的，这是他的最爱。”

“是的，我知道。”

他刚刚是说了“是的，我知道”吗？我不知道。

① 勃艮第红酒炖牛肉，经典的法国菜，起源于法国著名葡萄酒产区勃艮第，特点是使用勃艮第红酒、高汤和辛香料将肉块焗烤长达四小时。

他问我厨房里是否有他需要的特定餐具，我说有，然后他问我们对上菜做了什么安排，会有人帮忙吗？我说我的继母会派一些她自己的用人过来，他说他宁愿独自工作，他做饭，我上菜。

我说："好吧。"

我说我想为他买的食材付钱。

他说："我们以后再结账。"然后他问："你跟其他人说过了吗？"

"还没有。"

"先联系亚伯吧。"

这就是我所需要的，另一个莉薇娅对我发号施令，试图安排我的生活。但我得承认我很喜欢他插手干预，尽管他为人拘谨，脸上挂着可怕而又僵硬的微笑，但他是个有趣的人。我迫不及待地想把他介绍给其他俱乐部成员，看看他们对他关于河豚和秘密社团的故事有什么反应。他到时候还会讲什么故事呢？我喜欢不可思议的故事，它们越是令人难以置信，我就越可能相信它们。不用独自面对新一轮的第一次晚宴，还能向我们的俱乐部成员推新出奇，真是太好了！也许这正是我们所缺少的。也许卢西迪奥会厘清我们的生活。是的，我们正好需要一个愿意冒着生命危险去品尝致命鱼类的人，来恢复我们的团结意识，拉莫斯之死让我们陷入了痛苦和相互指责的旋涡中，我们需要这样的人把我们从旋涡中拉出来。毕竟我们是美食家，而不是被诅咒的一代，也不是因怀疑而四分五裂的宗教团体。即使那个关于河豚的故事是他编的，那他也充满灵感，如果仅凭煎蛋卷就能评判一个人的烹饪水平，那么晚宴将会很出色。

我先联系了亚伯，正如我所预料的，他对俱乐部是否继续存在并不热衷。

“我不知道，丹尼尔，也许今年我们应该休息一下了。”

“亚伯……”

“上次的晚宴太折磨人了。”

“这次的主菜是勃艮第红酒炖牛肉，亚伯。”

“哦，真的吗？”

不用再劝他了。

“你会做你的拿手甜点吗？香蕉甜点？”

“是的，亚伯。”

“那么，九点钟，老时间见？”

“老时间见。”

然后我打电话给若昂，他也不怎么情愿。他可能来，也可能不来，其实他在考虑离开俱乐部。圣诞晚宴让他觉得是时候停止聚会了。“不然，最后我就要揍保罗一顿了。”在二十一年中，若昂只缺席一次俱乐部晚宴，那时他弄丢了别人的钱，别人要杀他，他不得不躲起来逃避追杀，按撒母耳的说法，这暴露了这些人对资本主义精神惊人的无知。撒母耳建议若昂的债主们，与其杀了若昂，倒不如只打断他几根骨头，留着他好讨回他们的钱，撒母耳甚至起草了一份单子，列出那些不耽误若昂赚钱还清债务的骨头。但他也对若昂帮助最多，甚至瞒着那些愤怒的债主而把他藏在自己的公寓里，他会定期给我们带来那个躲债者的消息。“他的精神状态非常好，我甚至无法说服他自杀。”他引用了一句晦涩难懂的名言总结道：“人类最大的错觉之一就是懊悔的存在。”

“为什么不再试一次呢，若昂，”我说，“毕竟我们聚了二十一年了。”

“我不知道……”

若昂在撒母耳的住所躲债，最后与债主达成了协议。但他并未从此改过自新。他从小就是个骗子，他依靠自己与生俱来的才能从别人那里骗钱，然后随便找个借口解释为什么钱不见了。这只是他人生中众多艰难时刻的开端，他的婚姻和他的好名声被毁掉了，但他的幽默和讲笑话的能力却没有受到影响。在我们的圣诞晚宴上，当若昂刚开始讲另一个笑话时，保罗大喊：“噢，不！”保罗指责他成了巴西精英的完美典范，为了获取利益，不惜让他人倾家荡产，甚至不惜毁掉自己的人生，同时挥舞着自己的猥琐作为安全通行证与先前行为的赦免，接着保罗说，恰恰在那一刻再讲个笑话简直无比荒谬。若昂显然没有悔悟之心，但可能出于礼貌，他停止了讲笑话。若昂反唇相讥道，至少他不是一个以舔实业家佩德罗靴子而告终的共产主义者，也没有竭尽全力捍卫佩德罗的公司免受罢工者的攻击，就像在担任共产党党代表期间抨击资本主义那样竭尽全力。那时亚伯曾试着让他们冷静下来，没想到他也被保罗大加指责一通。保罗说他再也不想忍受亚伯那圣洁的语气了，一分钟也忍不了，特别是考虑到亚伯不仅是整个里约州最诡计多端、最卑鄙无耻的律师之一，也是一个众所周知的恋童癖……吉塞拉追在保罗后面，掏出她的身份证凑到他鼻尖去证明她已经年满十八岁了，这才结束了这场争论。最后，撒母耳引用了一个拉丁短语“Si recte calculam ponas，ubique naufragium est（如果推算正确，残骸随处可见）”，看到每个人脸上都充满热切的期待，对他那该死的博学感到不耐烦。他翻译了这句话：“无论你的计算多么精确，一切都以海难告终。引自古罗马文学家佩特罗尼乌斯[①]的爱情小说《萨蒂利孔》。”沉默良久之后，保罗说：“噢，去你的，撒母耳。”撒母耳举起酒杯说：“保罗，也祝你圣诞快乐。”晚宴结束时，保罗的新婚妻子和年轻的吉塞拉差点儿打了一架。

“那么，九点钟，若昂。”

“让我们拭目以待吧。”

到那次糟糕透顶的圣诞晚宴结束时，只有我、保罗、

① 佩特罗尼乌斯，公元 1 世纪罗马尼禄时代的执政官，古罗马帝国的诗人和作家，主要作品有小说《萨蒂利孔》，描写公元 1 世纪意大利南部半希腊化城市生活。

保罗的妻子和我们的主人蒂亚戈留了下来。我们大家都喝得酩酊大醉，对当晚的事件进行事后分析，保罗用双手捧住我的脸说：“丹尼尔，我这辈子都干了些什么？我这辈子都干了些什么？”

我几乎睁不开眼睛，保罗的妻子在沙发上睡着了，巧克力小子蒂亚戈——这群人中唯一一个体形跟我差不多的胖子正在跳舞，并把一瓶干邑白兰地紧紧抱在胸前。

“我只是一坨狗屎。”保罗喊着，手还捧着我的脸。

“不，我是一坨狗屎！”蒂亚戈喊道，“你知道我是什么吗？”

“不，我是一坨狗屎！”保罗坚持说。

“你知道我是什么吗？一个彻彻底底的失败者。”

“瞧啊，我是一坨狗屎！”

“我是一坨失败的狗屎，我这坨狗屎比你那坨狗屎大多了。”

保罗放开了我的脸，去抓蒂亚戈的头。

“瞧啊，我是一坨比你们任何人都大的狗屎！”

“为什么？”

“因为我比你们所有人都要好，我是最棒的！你们变成狗屎不费吹灰之力，但我离堕落还差着十万八千里呢，这就是为什么我是所有人当中最大的一坨狗屎。”

蒂亚戈先把干邑白兰地酒瓶砸向地板，然后用手拍了拍我的脸，问我的意见。

“丹尼尔，你认为谁是最大的那坨狗屎？”

但我没有资格做出客观评判，我们都是坨狗屎。几年前，有传言说保罗出卖了躲起来逃避追捕的同事，向秘密警察提供了他们的姓名和地址。我们从未试图弄清真相。炖牛肉俱乐部一切自理。

令我惊讶的是，新一轮的第一次晚宴，每个人都参加了。卢西迪奥向我要了每个人的地址，并给每个成员寄去了一份菜单的复印件。菜单是他在电脑上制作的，极为雅致，上面用老式的装饰图案做了点缀，下面写有一句话，声明晚宴只招待男士。自从拉莫斯死后，我们就没有做过这么奇特的事。整整两周，卢西迪奥在我的公寓进进出出，总是很得体、很优雅，他为这个盛大的夜晚做好一切准备，表现出对于细节近乎痴迷的追求，只不过这是一种谨慎的、有条不紊的痴迷。幸运的是，他的来访与莉薇娅的视察完美错开，事实上，当我想到这儿，我想起莉薇娅从未见过卢西迪奥。晚宴那天，他早上七点到达，在厨房里待了一整天，按照他的指示，我只进去过一次，准备我的香蕉甜点。那时我看到他围着一条大围裙，几乎长及脚踝，戴着一顶合适的厨师帽，当然，还系着领带。

第一个到达的是安德烈，他取代了拉莫斯在俱乐部的位置，他拥有一家制药公司，可能是我们所有人当中最富有的，因为若昂最近经历了财务危机，而佩德罗的公司濒临破产。尽管安德烈已经成为俱乐部成员两年了，但他仍然没有很好地融入这个群体中，他对保罗的冗长唠叨、撒母耳的攻击成性以及俱乐部日益增长的混乱不堪感到恐惧。他受扫罗的推荐成为俱乐部成员，扫罗是他公司的公关专员，他曾两次邀请我们到他的宅邸吃晚饭，两次上的都是西班牙海鲜饭，那是他的拿手菜。他为人腼腆、很有修养，比我们其他人年纪大得多。他妻子脸上的皮肤紧绷绷的，那是因为做了太多次整形手术。在圣诞晚宴上，她愤慨地反击了撒母耳对她丈夫的评论，直到安德烈解释说“杂种”是个带有感情色彩的口头禅，但撒母耳用的是这个词的褒义。可怜的安德烈加入俱乐部是希望能结交彬彬有礼的人进而成为快乐挚友，“超级精英”，正如他的妻子在第一次见到我们的时候说的那样，尽管她用错了定冠词[①]。正相反，他发现自己置身于没完没了的私人派对，派对上尽是愤恨

① 译者注：原文为 le crème de le crème 法式奶油，又说用错了定冠词，实际应为 La crème de la crème 超级精英。

不满的宾客。扫罗焦急地观察他的一举一动，担心我们的怪癖会给他们的业务关系带来不好的影响。我不知道安德烈为什么不退出俱乐部，甚至食物也不能弥补他和我们待在一起明显的不适，因为随着我们之间误会的加深，晚宴越来越糟糕。但是，正如扫罗所说的那样，如果一个人以西班牙海鲜饭为烹饪基准，那么人们很难指望他有良好的判断力。

“我喜欢打印出来的菜单。”安德烈说。

不久，撒母耳就来了，手里挥舞着同样的菜单。

“这是谁的庸俗想法？这正是拉莫斯会做的那种事。”

巧的是，若昂和保罗同时到达，他们显然没在电梯里互相交谈。若昂待在客厅里，而保罗进了我的书房，他不想跟任何人说话。蒂亚戈也情绪低落，一屁股坐在一张沙发上，扫罗和马科斯像往常一样联袂而来，扫罗提醒我他可能不得不提前离开。亚伯的第一个问题是问保罗是否到了，因为他想避开保罗，他说他只是为了我才来的，因为我是晚宴的主人，他还在认真考虑退出俱乐部这件事。最后到达的是佩德罗，人还没到，他的剃须乳液的气味就先飘过来了，他和他的母亲住在一起，我们怀疑他的母亲多纳·尼娜仍然每天给他洗澡。当佩德罗进来的时候，一些人在书房里默默地看电视，另外一些人则躺在客厅的白色沙发上闷闷不乐，好似已经灰心丧气，听天由命。如果我不得不选择一个画面来总结炖牛肉俱乐部的惆怅结局，那就是它了。只有安德烈和我在说话，他出于紧张，而我出于礼貌或被迫。佩德罗一到，我就叫大家到客厅来，然后去拿香槟。在厨房里，卢西迪奥指指他之前准备好的一大盘点心，吩咐我给大家上完香槟酒后，再回来拿。在客厅里，我们像往常一样敬酒，但这次敬酒多少有些拘束，首先是“为饥饿干杯”，然后是“为拉莫斯干杯”。撒母耳提议第三次敬酒，“为我们的友谊干杯”，只有安德烈附和了他，直到意识到这其实是句讽刺。我去拿了那盘点心，把它们分发给每位客人。保罗问是谁在准备这顿饭，因为厨房里的气味很诱人，很令人期待，我说这是一个惊喜，但我刚开口，就停了下来，因为在那一刻，我看到了若昂的脸。若昂刚刚大口吞下了卢西迪奥做的一块点心。

说他容光焕发、喜出望外是文绉绉的陈词滥调，但若昂的确如此，他高兴得脸都红了。时至今日，每当我想起第一次晚宴及其带来的影响时，我记得最清楚的就是那一刻，我被若昂的激情打动了，直到现在也记忆尤深。这么多年来，我头一回重新发现了一种情感，那就是从朋友的快乐中获得快乐，于是我想：我们依然可以用智慧战胜时间，俱乐部依然可以得救，我依然可以得救。毕竟并不是所有的事情都以海难而告终。我不知道若昂是不是比我们其他人更㞞，这取决于每个时代都会发生变化的主观标准。在那时，我想起了二十一年前的若昂，那时他还没意识到，如果他在笑话讲完之前就开始大笑，笑话就没有效果了。我们几个在座的使劲儿拍他，想阻止他发出笑声。当他最后成功地说出那句点睛妙语“不，我的法衣不是青铜制成的”，整个餐厅爆发出热烈的掌声。我看着亚伯，可怜的亚伯，在那一刻，他就像若昂一样，欣喜若狂到说不出话来。佩德罗说：“点心真好吃！”所有人都“嗯嗯啊啊”地满口赞同。我尝了一块，它是用烤洋葱和奶酪做成的，但肯定不止这些。不管它是什么，我明白了若昂容光焕发和亚伯表情幸福的原因。当亚伯终于开口说话时，他说：“神奇的时刻，诸位，神奇的时刻！”

整场晚宴都美妙无比。开胃的点心之后是醋油沙司洋蓟心。当我从厨房里端来勃艮第红酒炖牛肉，亚伯一看到，就说“我的上帝啊”，围着餐桌的人们热情地叫喊着迎接我。他们想知道那个神秘的厨师是谁，我告诉他们卢西迪奥的情况，或者说那些我所知寥寥无几的事情：我们在酒庄相遇，他那完美的煎蛋卷让我接受了他为俱乐部烹饪的提议，以及他关于河豚和秘密社团的故事。有人说："这家伙不存在，你在编故事！"保罗说他以前在一本小说里读过一些关于这样的社团的东西。"这不是真的，"佩德罗说，他的嘴里被肉塞得满满的，"他是在开玩笑。"蒂亚戈说卢西迪奥很可能是个花言巧语的骗子，他甚至可能是我编造出来的存在，但他是个伟大的厨师。马科斯说："这个人是个天才！"并坚持要我把他从厨房带出来，以证明他的存在，他的提议得到了大家的掌声。"冷静点儿。"我说，不吃完我这辈子吃过的最美味的勃艮第红酒炖牛肉，我决不离开我的座位。亚伯闭上眼睛咀嚼着，他又说："我的上帝啊！"当他吃完后，郑重声明："现在我死而无憾。"他的话引发了响亮的笑声，笑得最响亮的是保罗。俱乐部成员达成了和解，卢西迪奥把我们从悬崖边上拽了回来。

在厨房里，卢西迪奥告诉我，只剩下一人份的勃艮第红酒炖牛肉了，只够一个人吃。我把这个消息告诉了其他人，有人想再来一份吗？有些人甚至不回答，他们只是发出满足的呻吟，表明够了，要适可而止。但亚伯说："我无法抗拒。我想要更多。"

我从厨房拿来了最后一份勃艮第红酒炖牛肉放在他面前，其他客人鼓起掌来，亚伯几秒钟就把盘子里的东西吃光了。

在那次特别的晚宴上，我敞开供应波尔多葡萄酒，想喝多少上多少。当我端上甜点，宣布我们的厨师很快就会出现在大家面前的时候，几乎可以感觉到快乐的光环笼罩着围坐在桌边的这群人。我的香蕉甜点没有让人失望，大家交口称赞。“多么棒的一顿饭！”马科斯叫道，若昂从椅子上站起来，在我头顶亲了一下。“拉莫斯不在真是太遗憾了。”亚伯说。他眼里含着泪水，大家都同意他所说的。我端上了咖啡、雪茄和干邑白兰地。按照传统，这是属于拉莫斯的时刻，他总要站起来发表演讲，一只手端着一杯干邑白兰地，另一只手拿着一支雪茄，戏剧性地挥舞着。在他死后，没有人能取代他在那充满喜悦的时刻成为演说家，这一切都不可能再像以前那样了。十年前，有一次拉莫斯站起身来，他站了很久，饱含深情地环视着我们，然后才开口说话。他看着我们，一个接一个地看过去，好像在祝福我们。然后他说：“把握住这一刻，总有一天，我们会记住它，我们会说，这是我们最美好的时刻。我们会把它与我们生命中的其他时刻进行比较，我们会说，再也没有哪一刻有如此时。”当然，我们会再次充分满足我们的食欲，因为这就是食欲的神圣本质。我们不会每天都想去看凡高过分煽情的作品，听巴赫活泼的赋格曲，或者和一个甜美多汁的女人做爱，但我们每天都想吃饭。饥饿是反复出现的欲望，唯一反复出现的欲望，因为视觉、听觉、性和权力都会消失，但饥饿会继续。一个人可能会永远厌烦拉威尔[①]，但他对馄饨最多只能厌倦一天。”按我对他的印象，他可能本来会说“帕赫贝尔[②]”和“奶油白色调味酱”，而不是“拉威尔”和“馄饨”。拉莫斯说：“即使我们像现在这样充分满足我们的食欲，我们也永远不会像现在这样满足，满怀美德，充满愉悦，那愉悦来自友谊、食物、生活，还有干邑白兰地。”然后他举起酒杯，让其他人也都这么做，“先生们，庆祝吧！我们正处于巅峰时刻。”大家都喝了。然后他说：

---

① 莫里斯·拉威尔（Maurice Ravel，1875—1937），法国著名作曲家、印象派作曲家的最杰出代表之一。代表作品有歌剧《达芙妮与克罗埃》、芭蕾舞剧《鹅妈妈》、小提琴曲《茨冈》和管弦乐曲《波莱罗舞曲》等。

② 约翰·帕赫贝尔（Johann Pachelbel，又译约翰·帕海贝尔、帕赫贝尔、帕卡贝尔等，1653—1706），德国巴洛克时期后期作曲家兼教堂管风琴师，代表作品有《D 大调卡农》和《阿波罗的里拉琴》。

“先生们，哭泣吧。我们的衰落才刚刚开始。”我们又喝了一杯，感觉比以往任何时候都更快乐。那天晚上，我们离开餐桌的时候已经是凌晨五点了。

亚伯站了起来，自从拉莫斯死后，头一回有人要在我们喝干邑白兰地的时候发表演讲。

“丹尼尔，关于你的晚宴，我只想说一件事。”

我们都期待着，亚伯一字一句地说：

“真是太他妈的棒了！”

大家都鼓起掌来，安德烈被感动了，在他眼中，我们的魅力又恢复如初。现在，炖牛肉俱乐部更像是他听闻已久的那样。大家向亚伯举起盛满干邑白兰地的酒杯。在某种程度上，他呼应了拉莫斯的“论述充分”。在拉莫斯祝福我们十年之后，我们也许还没有重回巅峰状态，但我们已经接近了，接近了我们最辉煌的时刻，接近了我们逝去的生命，接近了拉莫斯。简而言之，就是这样，亚伯说道。可怜的亚伯。他是第一个死去的人，就像《圣经》里的那样[1]。

几个月后，在第六次死亡之后，在7月的守灵仪式之后，我向撒母耳提起，那天晚上，当卢西迪奥最终在餐厅胜利亮相时，他说的一个警句得到大家的欢呼。若昂从椅子上站起身来，跪在卢西迪奥面前，要求亲吻他的手。卢西迪奥说："让我先把它擦干净，它上面有一股死亡的气息。"

"这是一句引文，"撒母耳说，"引自《李尔王》。"

该死的撒母耳。

---

① 亚伯是亚当与夏娃的次子，他与上帝的亲密关系遭到兄长该隐的嫉妒，后被该隐杀害。这是人类历史上第一宗谋杀案，亚伯是第一位被杀害的人。

四、西班牙海鲜饭

无论何时，只要我需要，我的继母总是会给我安排佣人。我知道她和莉薇娅会定期见面讨论我的生活。她有点儿害怕和我待在一起——我想这得归咎于我的凉鞋，她更喜欢远远地对我指手画脚。我们以前商量好，晚宴后的隔天早上，她会派人来洗碗、打扫厨房并收拾公寓。对讲机的嗡嗡声把我从沉睡中惊醒，我不情不愿地慢慢起身，就像负隅顽抗的鱼慢慢浮出水面那样。当电话响起的时候，我还是昏昏欲睡，那时我刚给两个年轻的女人打开门，她们惊慌失措，视线尽量避开我那门襟大开的内裤。电话是莉薇娅打来的，她想知道之前的晚宴怎么样。

“太棒了！绝佳绝妙！这是我吃过的最美味的勃艮第红酒炖牛肉。”

我告诉她一切都很顺利，氛围很好，和谐欢畅。卢西迪奥在俱乐部里成功亮相，我们聊到深夜。这一切都让莉薇娅非常失望，她闷闷不乐地挂断了电话，她的祈祷没有得到回应。炖牛肉俱乐部获得了新生，并将继续下去。

我正准备回去睡觉，这时，电话铃又响了，是蒂亚戈打来的。他刚从吉塞拉那儿听说亚伯死了。

除了安德烈，我们都参加了守灵仪式，吉塞拉站在一群陌生女人中间哭泣，那大概是她的家人。我们不知道亚伯在哪里邂逅了吉塞拉，我们对她一无所知，她从没给我们留下深刻印象，她对我们有点儿不屑一顾。

令人震惊的是，在一次晚宴上，她带来一个带盖的盘子，里面装有一份米兰牛排和土豆泥，她说她受够了装腔作势、自命不凡的食物。我环顾四周想找到亚伯的父母，但我没看见他们，当亚伯离开他父亲的律师事务所时，他和他父亲发生了争执，而他的母亲从未原谅过他放弃宗教信仰这件事。诺瑞华就在那儿，紧紧抓住她和亚伯的儿子，她的儿子只比吉塞拉小一点儿。亚伯的六个兄弟分坐在教堂各处，他们中没有一个人过来找我们。撒母耳看起来比平时更阴郁，像往常一样，他把一切都处理妥当了。拉莫斯病危时，即使我们早就习惯了撒母耳的自相矛盾和刻薄残忍，但也对他的漠不关心感到震惊。“我不想探望同性恋。”他解释他在拉莫斯生命的最后一天没有去医院探望的原因。然而，正是他安排了拉莫斯的葬礼，悲痛使他眼睛下面的黑眼圈和脸上的皱纹更加明显。当我开始测试整个俱乐部死亡的理论时，我甚至想过应该把撒母耳留到最后，这样他就可以安排大家的葬礼，他的脸会像古老的莎草纸那样，把每个人的死亡都记录下来。

“是他的心脏出问题了吗？”我问。

“我想是的，”撒母耳说，“他肯定早就有心脏病了，但从没告诉我们。洛丽塔[①]说，他在黎明时开始觉得不舒服，然后又严重不适，他不想让她去请医生。我敢打赌他死在了她怀里，真是牡丹花下死，做鬼也风流。”

“食物不可能有问题，”扫罗说，“我们吃的都一样，我一点感觉也没有。你们呢？”

没人感觉异常。的确，没人比亚伯吃得多，后来也没人跟吉塞拉鬼混过，亚伯肯定是心脏病发作。尽管如此，我还是去找了个电话，打给了安德烈。不，他也没有任何异常的感觉。他不知道亚伯已经死了，没人告

① 洛丽塔，又译为洛莉塔、洛丽泰、罗莉泰，俄裔美国作家弗拉基米尔·纳博科夫创作的长篇小说《洛丽塔》中的女房东的十二岁女儿，代指未成年少女。此处应指亚伯领养的青春期女孩吉塞拉。

诉他，那天下午晚些时候，他得参加葬礼，这是多么不幸啊。我说他不一定非得来，俱乐部已经有代表了，他说他无论如何都会来。然后他问："下个月的晚宴还继续吗？"

前一天晚上，我们一致同意下个月的晚宴主人应该是安德烈。他提议卢西迪奥应该再次担任晚宴的主厨，或者这是卢西迪奥的提议？不管这个主意是谁想的，但都受到了俱乐部成员的热烈欢迎，尤其是可怜的亚伯。

"哦，是的。"我答道。

二十一年来，我们从未因为死亡而取消过晚宴。连我母亲过世也没让我放弃晚宴，更别提拉莫斯的死亡。在拉莫斯死后举行的第一次晚宴上，他的位置被设在餐桌旁，我背诵了他在松露晚宴上所发表的"关于性欲的论述"，或者按记忆说了一通。从那时起，我们总是在每次晚宴前把香槟酒一饮而尽，一如既往地为饥饿干杯，也为拉莫斯干杯。是的，由卢西迪奥担任主厨的第二次晚宴将继续进行，刚恢复活力的俱乐部将在仪式上增加向可怜的亚伯敬酒的环节。

在守灵仪式上，我与其他俱乐部成员重新聚在一起，我告诉他们安德烈的身体没问题。然后，为了找点儿话说，我问之前是否发生了什么事，我不擅长保持沉默。若昂说，除了亚伯从灵柩里跳了出来，围着教堂跳了几步探戈，然后再躺下，不，什么事也没有发生。在家人中间的吉塞拉指着我们。我听见她说："就是在那个胖子的家。"

只有撒母耳和我一直留到守灵仪式结束。其他人先离开了，等到葬礼的时候再回来。下午三点左右，莉薇娅过来看我是否还好，是否需要什么。她既没有吊唁死者，也没有跟撒母耳打招呼，就直接走掉了。突然，我的心怦怦直跳，玛拉出现了。她亲吻了我的双颊，但没理会撒母耳，我上次见到她是在拉莫斯去世的时候。每次葬礼，她都变得更加可爱。我跟着她走出教堂，她问我站在我旁边的那个人是谁，直到那时，我才意识到她之前没认出撒母耳。

“哦，你不认识的人。”我说。

“你看到了吗？”撒母耳后来说，“她假装没注意到我。”

到举行葬礼的时候，亚伯的父母出现了，他们紧挨着灵柩立正站好。神父准备讲话。吉塞拉站在那里，脚后跟并拢，双臂张开，像个芭蕾舞演员，一个女人搀着她，可能是她的家人。诺瑞华站在儿子身后，双手搭在他的肩上，我猜神父是这家人的老朋友。他说，虽然教会已经除去了亚伯的牧师职衔，但就在那一刻，毫无疑问，他的悔悟之心又回归了。亚伯的母亲点头表示肯定，可怜的亚伯。

当诺瑞华搂着儿子从我们身边走过时，她甚至没有瞅我们一眼，吉塞拉愤怒地瞪着我们。炖牛肉俱乐部成员身后留下了一长串愤愤不平的女性，我们曾毁过许多次婚姻，但这是第一次，别人的丈夫在我们的晚宴餐桌上死于非命。

整整两星期，我没收到卢西迪奥的任何消息。我把他的电话号码给安德烈了，以便他们安排下一次晚宴。第一次晚宴的时候，大家商量好了吃西班牙海鲜饭，但那是西班牙人或整个西方世界的人都不曾见识过的西班牙海鲜饭。按卢西迪奥的说法，他的配方来自印度洋的一个岛屿，那里曾经是西班牙的殖民地，在那里，西班牙海鲜饭的衍变有所不同，并最终与原来的配方大相径庭，区别主要是使用的大蒜种类不同，还使用了一种柠檬味的香草，这是那个岛独有的香料。幸运的是，卢西迪奥有这种香料，还有他所需要的大量大蒜头，现在这种大蒜只生长在东非。两周后，他打电话给我，我开玩笑地问他是否用了什么有毒的食材，比如河豚。卢西迪奥没有回答我的问题，而是说："听说亚伯过世，我很难过。"

"我刚才只是开玩笑。"

"他心脏病犯了,不是吗？安德烈是这么跟我说的。"

"原因很明显，但是你知道的，年轻的妻子和……"

"我想请你帮个忙。"

卢西迪奥没什么幽默感。他的微笑一成不变，但他总是双唇紧闭。帮什么忙？他想在我的公寓里举办第二次晚宴，显然在安德烈家，事情会很棘手，安德烈的妻子会插手。她已经向丈夫明确表示，她不会把厨房交给卢西迪奥，她要求允许她监督卢西迪奥的一举一动，并有权否决。在这样的条件下，卢西迪奥没法儿工作，尤其是他的西班牙海鲜饭。除了他通常的拿手好菜，经典法国菜之外，还有些步骤超出常规，而我的厨房可以更好地进行这些非常规操作。我说，如果安德烈没问题，那我也没问题。大家一致同意仍然是安德烈主持晚宴，他将支付一切费用，并带来葡萄酒，但这一切将在我的公寓里进行。

大家都来了。安德烈是下午晚些时候到的，带着他的葡萄酒。卢西迪奥允许他进入厨房以便检查食材，但只准他待了五分钟。然后当卢西迪奥做饭的时候，我们坐在书房里，安德烈问了我关于亚伯的各种问题。我跟他认识很久了吗？从小就认识，我说。我们这群人几乎都是总角之交。马科斯和扫罗曾经是我的邻居，他们和我住在同一条街上，他们无论到哪儿，都形影不离，我们以前把他们叫作连体双胞胎。蒂亚戈、佩德罗、亚伯、若昂和保罗也跟我们住在同一个地方，在青春期，我们有点儿各玩各的。亚伯成了虔诚的教徒。我们知道他会循规蹈矩，不干出格儿的事，而且我们怀疑他还是个童男子。尽管我们坚持，但他甚至不想见到米兰妮，那个女孩跟我们所有人都上过床。保罗成了学生领袖，与鄙视政治的其他人保持距离。佩德罗也没怎么跟我们混在一起，他过着与世隔绝的生活，他没上学，但有私人家教，而且正在接受培训，准备接管家族企业。除此之外，他的母亲多纳·尼娜对传染这事儿极为偏执，她不能容忍她的小佩德罗接触到这世间的杂质，她认为我们也是杂质，特别是我。我从小就有个外号，叫“长舌男”，这不是没有原因的。当我第一次看到玛拉和佩德罗在一起的时候，我就猜到玛拉是被多纳·尼娜选为她的儿媳妇了。没人比她儿子更纯洁，或者，表面上更清白。虽然没有人知道撒母耳来自何方，但他还是巧妙地一步步跟我们打成一片，他没跟我们住在同一个地方，我们也从不了解他的家庭情况。当他进入我们的圈子时，他被我们称为四蛋撒母耳，因为他在阿尔伯里的酒吧，也就是我们的非正式总部，一次吃四颗煎蛋，被扫罗逮了个现行。从那时起，我们就从未停止过对这个骨瘦如柴、食欲旺盛的小伙子的钦佩。撒母耳从不学习，但他什么都知道；他从不工作，但他从不缺钱。他在阿尔伯里酒吧的密室里和一群大孩子掷骰子赌钱，输的比赢的多，他暴饮暴食，还吸毒。等他和米兰妮上过床，她就到哪儿都跟着他，不想再和其他人有任何关系，尽管我们的偶像老是揍她。几年后，是撒母耳把我们介绍给拉莫斯的，那时我们这群人被撒母耳说服了，不再去阿尔伯里酒吧吃炖牛肉，而是每周在上档次的餐厅吃晚餐，我们认为这么做很重要，确实是命中注定。那时，亚伯、佩德罗和保罗又和我们聚在一起，因为他们不是晚餐小组那一小撮人中的一员——巧克力小子、连体双胞胎、我自己、若昂和撒母耳。就好像是撒母耳先启蒙了我们，然后把我们交给拉莫斯，让他来完成我们的感官教育，让我们成为传奇。在那时，我们依然认为我们会成为传奇，那个城市太小了，不能满足我们的食欲。

是的，我们是废物，但我们是伟大的废物，高贵的废物。我们对拉莫斯也几乎一无所知，他比我们大，有私人收入，就像有一天他说的，他很了解莎士比亚和调味汁。他和撒母耳的关系是个谜，我们没有试图刨根问底，一探究竟。

我们从青春期走向成熟的成年仪式是在一家餐厅的餐桌旁举行的。那时，拉莫斯向我们解释了为什么烤过头的牛排不再是美味佳肴，而是变成了有用的东西，比如鞋底。这在亚伯的生活中引发了一场革命，我们虔诚的爱吃烤肉的亚伯。按撒母耳的说法，就在那时，亚伯开始失去信仰，没熟透比熟过头好，这样的启示对亚伯来说是一种逆向的教理传授。三分熟的肉和形而上学之间有一种内在的不相容，亚伯选择了吃带血的肉[①]。

① 译者注：按《圣经》记载，扫罗说："……你们各人将牛羊牵到我这里来宰了吃，不可吃带血的肉得罪耶和华。"三分熟的牛肉口感柔嫩，但是伴随刀切有血渗出，是带血的肉。

我不知道安德烈对我深情重述事实有多感兴趣，也不知道他是否只是想表达他对亚伯之死的难过之情。一旦他发现我们终究不是“超级精英”，他就对我们的故事没什么兴趣了，而且对保罗左翼的装腔作势、撒母耳的缓慢腐烂和我的大腹便便（按恐怖程度降序排列）表现出近乎生理上的厌恶。我现在感到很遗憾，那天晚上我们等其他人的时候，我没让他多说两句，那时在厨房里，卢西迪奥正在准备安德烈生命中的最后一道西班牙海鲜饭。

令人难忘的西班牙海鲜饭。我们先喝了香槟酒，为拉莫斯干杯，为亚伯干杯，前菜是扇贝，配着精致的鲑鱼慕斯。尽管亚伯死了，我们的心情却没受到影响。上一次卢西迪奥掌厨的晚宴让我们相信，即使我们不再像从前那样彼此相亲相爱，即使我们丢掉了自己的性命，我们的食欲也能拯救炖牛肉俱乐部。晚宴时没人提到亚伯。亚伯已经再次成为他们家族的一名圣徒。一切都取决于我们，保留我们依然有生机的部分，保留那些从海难中拯救出来的东西：我们的亲密无间，我们的群体饥饿。回想一下过去的日子吧，我们曾狼吞虎咽地吃着阿尔伯里的炖牛肉，像猪一样呼噜呼噜地吃着。我们现在唯一的共同点就是饥饿。即使我嘴里塞得满满的，我也几乎没停止说话。安德烈不停地说他很遗憾他的妻子不在，毕竟她有西班牙血统，对这种不同寻常的西班牙海鲜饭，她肯定有话要说。然后若昂说，禁止女性参加晚宴是一个伟大的决定，一个明智的决定。是女人导致了我们的衰落，是那些女人把我们撵出了天堂，没有她们，我们的仪式就会重获青春期的纯洁，我们又一次像猪一样呼噜呼噜地吃得心满意足，如同往日在阿尔伯里酒吧那样。这时，卢西迪奥端上了第二盘西班牙海鲜饭，边上放着大蒜头，迎接他的是人们的赞叹。他是让我们俱乐部重拾活力的人。安德烈试图抗议，但没有多少说服力。他的比廷哈[①]应该在那里，她喜欢西班牙海鲜饭，她学过怎么做西班牙海鲜饭。他的抗议被我们猛烈的呼噜呼噜的声音盖住了，我记得，在令人难忘的松露晚宴之后，拉莫斯边喝干邑白兰地边发表了“关于性欲的论述”。我们把松露和文明都归功于雌性的性欲，拉莫斯说，他举起酒杯，提议为母猪和它们的腺体干杯。松露与公猪的雄性激素气味相似，所以发情的母猪在追求爱情的时候，会搜寻松露，并疯狂地把它们挖出来。“它们没找到丈夫，却找到了一种蔬菜根瘤——就像今天许多年轻女性所做的那样。”拉莫斯说。我们所吃的美味松露是无名母猪恋爱受挫的结果。按照拉莫斯的说法，所有的美食乐趣都是性欲另外的表现形式。为了吃植物或者动物，我们打断了它们的有机进程，我们在吃的乐趣中耗尽了我们自己的感官享受，我们自己

① 译者注：比廷哈，应为安德烈妻子的姓名。

变形的性欲。我们之所以聚集在此，是由于上新世[1]时期对森林的破坏，那时我们的祖先被迫生活在开阔的草原上，随之而来的恐惧让他们为了获得保护而组成群体，并开始用人类的性行为取代动物自然的性行为。人类历史开始了，那时女性原始人不再像其他动物那样只在发情期发情，而是成为可以长期发生性行为的对象。这一变化带来了顺应月球运动周期出现的月经周期，以及长时间开放的外阴，那就是文明。所有像我们这样的男性社团——在这里，拉莫斯用手拿着雪茄画了个圈儿，把餐桌、剩菜和酒足饭饱的其他九位俱乐部成员都圈入其中——是发情期历史性衰退和衰落之前小小的重建森林、草地上的人工避难所，人类的复乐园。当我向莉薇娅讲述拉莫斯的理论时，她说，基本上而言，拉莫斯对母猪的评价比他对女性的评价更高。当我告诉她我们花

① 上新世，在地质年代划分中属第三纪晚期，是英国 C. 莱伊尔于 1833 年命名的。它从距今五百三十万年开始，距今二百五十八点八万年结束。

了多少钱买松露时，她义愤填膺，怒气只增不减。

卢西迪奥说：“还剩了点儿西班牙海鲜饭。够一个人吃的。谁想要？”安德烈犹豫了一下，然后举起了手。

“我可以把它带回家给比廷哈吃吗？”

“不！”我们齐声欢呼，像来自森林的咆哮。

安德烈只好顺应民意，独自吃完剩下的西班牙海鲜饭。他把大蒜头留到最后吃，用叉子背面把最后两个蒜头压碎，挤出奶油状的蒜头肉，和蒜皮一起吃。撒母耳坐在他旁边，假装以科学的兴趣仔细检查每一叉的量，他说：“主持正义的天神究竟还是有的……”

卢西迪奥站在桌边。说完了这句引文，好像他们事先排练过似的：“这么快就诛罚了人世的罪恶！”

虽然我当时不知道，但是我现在知道了，这是《李尔王》的另一句名言。可是当撒母耳和卢西迪奥说这些话的时候，他们都没有对视彼此。好像他们事先排练过似的。

五、橙汁鸭

守灵仪式上，我闻到了一股大蒜味，不知道这气味是否来自死者身上。我们八个人站在教堂的中央，单独形成一个不规则的长方形，像一个罗马方阵，准备随时应对从四面八方发起的进攻。这气味也许是我们身上散发出来的。在那里，我们谁都不认识，除了那个寡妇，她坐在灵柩旁边，脸色苍白，不施脂粉，素颜示人，各种整形手术留下的疤痕都露了出来。她没有抬起头来接受我们的哀悼，我们每个人都必须从她膝盖上拉起她的右手，紧握一下，然后再小心地放回原处。安德烈在那天夜里死了，死于心脏病发作。

蒂亚戈在我身边低语，但我们其他的俱乐部成员都听到了。

“先是亚伯，然后是安德烈……如果我们按名字的字母先后顺序死去，那么……”

按名字的字母先后顺序，下一个就是丹尼尔，大家都看着我。

“仅仅是巧合。”

“也许吧，但如果我是你，我就不参加下一次晚宴了。”

“或者你随身带上解毒剂。”撒母耳建议道。

下个月的晚宴将由撒母耳主办。我们已经一致同意，卢西迪奥将再次担任主厨，而且晚宴将再次在我的公寓里举办，卢西迪奥现在觉得在我的厨房里就像在自己家中般轻松自在。

“你这话是什么意思？没人在我的公寓里中过毒。”

“嗯，这我可不知道。”

“亚伯跟吉塞拉行房时死于马上风，安德烈死于心脏病发作。”

“他们两个都是参加了俱乐部的晚宴后死去的。”扫罗说。

“晚宴的主食是他们最爱吃的菜。”若昂在我另一只耳边补充道。

“这只是巧合。如果食物有问题，为什么其他人没受影响？”

“我不知道。”

葬礼很隆重，参加的人很多，有三次墓前讲话。毕竟安德烈一直是制药业的领军人物。州长派了一名代表参加葬礼，在一次墓前讲话中，扫罗悄悄地走到那位代表面前，做了自我介绍。他递出了自己的名片。随着安德烈的离世，扫罗可能会失去公司公关专员的职位，他需要确保自己的未来。我注意到州长的代表收下了这张名片，但很快就走开了，丝毫没有掩饰他对这种做法的尴尬之情。大家对我们要么投来责备的目光，要么仅仅是好奇的一瞥，我们是安德烈生命中不可思议的一部分。多年以前，那时炖牛肉俱乐部的聚会消息常常登上各种媒体的社会版，许多人都梦想着有一天能加入我们俱乐部，然而，现在人们对我们只是感到好奇，或者讨厌。然后我意识到我们都变得多么古怪，不仅穿着松松垮垮的衬衫和凉鞋的我很古怪，阴郁苍白的撒母耳也很古怪。古怪的还有蒂亚戈，嗜吃巧克力的他永远无法把自己肥胖的身躯塞进传统的衣服里；佩德罗虽然和那里的大多数人一样，也是个商人，但不合时宜同样显得格格不入，他衣冠楚楚，一尘不染，喷了香水，刻意模仿风度翩翩，看起来夸张到几乎是咄咄逼人；扫罗一直是时尚潮人，但不知从什么时候起，他失去了辨别轻重缓急的分寸感，他所有的一切都与周围的严肃格格不入。

我们看起来像一群入侵者，来自另一个物种，还没有意识到自己的伪装已经失去了作用，露出了尾巴。我想，安德烈的妻子一旦发现我们不是她所认为的那种老于世故的人，或多或少就会这样对安德烈说：他们不是我们这类人，安德烈，离开那个疯子俱乐部吧。是的，在过去的二十一年里，我们都变得很怪异。

扫罗和马科斯是表兄弟，他们一起长大，但性情迥异。马科斯是个敏感内向的艺术家，扫罗则恰恰相反，他从小就有公关人员的气质。当我们创立了公关公司 DSM[①]，我们当时想的是，马科斯将负责艺术事宜，我将负责文字事务，而扫罗负责跟人打交道，但我们中没有一个人拥有不可或缺的才能，能确保业务成功——没人擅长管理。不过，尽管他们大相径庭，但扫罗和马科斯形影不分。我们给他们取的绰号是连体双胞胎，后

---

① 译者注：DSM，应为丹尼尔（Daniel）、扫罗（Saulo）和马科斯（Marcus）的名字首字母缩写。

来缩写为双胞胎 1 号和双胞胎 2 号。他们曾经是我最好的朋友。过去几年日益增加的痛苦腐蚀了我们以前的友谊，尽管扫罗一再向我表明他不值得信任，但我仍然想念他们，在所有死去的人当中，我最想念他们。该死，我刚才把一杯卡奥尔酒洒在键盘上了，我在半夜写下这些文字，把所有涌入脑海的东西写下来。这就是我被留到最后的原因，这样我就可以把这些都写下来了。现在我知道我能逃脱死神魔掌的原因了，我是这个离奇故事的神圣记录者。

扫罗和马科斯给了我灵感，我开始创作以连体双胞胎为主角的故事，这对兄弟有着完全不同的抱负，一个想当个成功的跳高运动员或舞蹈家，而另一个想在修道院就职，后来，这些故事逐渐发展成了同性恋连体姐妹的冒险故事，清闲无事的漫长午后，我、马科斯、扫罗在公关公司添枝加叶，逐步丰满这些故事。我们指望靠亲戚和家人朋友的支持来帮助这家公司起步，但我们不知道的是，大家都认为我们是一群不负责任、一无是处的人，压根儿没有广告界的经验，他们唯一愿意给我们的支持就是看在我们父母的面子上鼓励我们几句。在我们等待客户出现的时候，马科斯在他的办公室墙上画了一幅壁画，扫罗关着门，在他的房间里面试接待员职位的应试者，而我则坐在我的办公室里写稀奇古怪的故事或打电话。我说的比写的多，我总是不能长时间保持安静。然后，当下午结束的时候，俱乐部的其他成员就会来这儿，我们大部分的启动资金都用来买了酒，买了一堆威士忌酒去招待客户，但下班后，我们总是跟俱乐部成员在扫罗的房间里聚会，仅仅一个月就喝光了这堆酒。应征接待员工作的人总会有一两个愿意留下来跟“有钱人”会面，这是扫罗对公司股东的称呼。撒母耳总是最能赢得姑娘们的欢心。如果根据灯亮到深夜的次数来评判公司，任何人都会认为我们在拼命工作，我们肯定能取得成功。但在它短短八个月的生命中，这家公司仅仅执行了一项业务委托，就是为佩德罗父亲名下的一家公司进行广告营销。我们三个人都认为策划很出色，但老人花钱购买了策划，却从未付之于行，尽管如此，这项业务还是让我们付清了欠下的房租和巨额电话费。在扫罗的迷你酒吧倒闭的那天，我们关闭了公关公司，觉得被人误解，受人低估。我们的结论是，如果不能打破僵局，我们就无法继续前进。

对莉薇娅来说，同性恋连体姐妹的故事象征着我对自己生命和天赋的浪费，扫罗和马科斯，以及俱乐部的其他成员无意中为连体双胞胎的冒险故事提供了种种事件和细节，但大多数故事都是我写的。不幸的连体姐妹泽纳德和祖米拉，彼此之间有强烈的性吸引，但无法满足欲望，试图与其他女人来段风流韵事以弥补她们情感上的挫折，艰难的、戏剧化的风流韵事最终总是毁于嫉妒。因为她们永远不可能单独与情人相处，总得接受连体姐妹的批评和抱怨。每当她进行一番稍微夸张的爱情表白，就得忍受连体姐妹的低声嘲笑，或者她做爱时，会被连体姐妹不耐烦的问题打断，例如："你们两个完事儿了吗？"但是这对同性恋连体姐妹的冒险范围不仅局限于性。有时候，俱乐部中的一个人会给我打电话，提出一个想法——"泽纳德和祖米拉对阵007"或者"泽纳德和祖米拉入选国家足球队"，然后我就会以此为基础继续写下去。一旦我和保罗发生争执，他就指责泽纳德、祖米拉和我对政治和社会漠不关心，国家正经历历史上最黑暗的一个时期，独裁政权、新闻审查，人民被囚禁和折磨，在我们这群人里，只有保罗关心这些东西。作为还击，我想出了"泽纳德和祖米拉对政治进程大失所望，去参加游击队运动"，这样的故事开头在开公司的六人组中取得了巨大的成功，保罗亲自为这个故事写了个悲惨结局：政府计划建造穿过亚马逊的高速公路，泽纳德对此兴奋不已，于是参加放弃武装斗争向政府军投降，却忘记提及祖米拉与她意见不一致。祖米拉藏在裙下的炸弹在巴西利亚当局对她们的欢迎仪式上爆炸，杀死了总统和所有的军事部长，从而改变了巴西历史的方向，更重要的是，这对连体姐妹的身体得以分离，她们终于可以像她们一直想要的那样，在普拉纳尔托宫[①]宫殿的废墟中彼此相爱了。

我继续编同性恋连体姐妹的故事，即使今天，我也躲在树洞里写她们的故事，但故事基调变得越来越阴沉。在我的故事中，这对双胞胎仍然是连体婴，但随着时间的推移和她们年龄的增加，她们的身体状况已经成为一个寓言，我自己几乎没法儿理解这个寓言。寓言与可怕的二元性有关，也与我们的恐惧有关，我们恐惧于不可避免的他者，即我们的身体，也恐惧于多余的肉，

① 普拉纳尔托宫，巴西总统官邸，位于巴西利亚。地处该城最东边，每天最早迎来朝霞，故也称“黎明宫”，被认为是巴西利亚最美的建筑。

那并非我们。但是通过寓言，我们分享我们的传记，寓言把我们带到了故事的结尾，当死于那个……我能听到莉薇娅说：“哦，丹尼尔，别这样！”她已经发现当同性恋连体姐妹只是滑稽可笑、不负责任的人物时，就已经够令人恶心了，她不想让我在见面之前告诉她，她们在搞什么鬼。莉薇娅说她们是俱乐部成员病理性厌女症的表现，病理性厌女症是个黑洞，她想从中救赎我。我真的变成了一个很古怪的人。

俱乐部里唯一一个永远不了解同性恋连体姐妹的人是若昂，他只是看不出她们有什么可笑之处。他喜欢恰当的笑话，而不是他所谓的“哦哈哈”幽默，这种幽默让人们微笑着说“哦哈哈”，只是表示他们明白了，而不是捧腹大笑。我们杰出的骗子若昂，他在法律的灰色地带游走多年，尽管被不止一个破产的客户判处死刑，但他从未失去过良好的幽默感。当我问卢西迪奥为撒母耳主持的晚宴准备了什么菜单时，我想到了若昂的笑声和他在任何情况下都会保持的乐观。也许是法式烤羊腿，我最喜欢的菜？这是换一种方式，询问被选择死去的人是不是我，假设死亡顺序是按名字的字母先后顺序排列的。不，卢西迪奥回答道。普罗旺斯炒蘑菇——也就是说，在给可怜的安德烈做过西班牙海鲜饭之后，如果我们还没吃够大蒜的话，接着上橙汁鸭。

橙汁鸭是若昂最喜欢的菜。

我打电话给扫罗。

“是橙汁鸭。”

“是什么？”

“那是卢西迪奥准备在下一次晚宴上烹饪的菜。”

“所以呢？”

“这是若昂的最爱。”

一阵沉默。然后扫罗说：“给他打电话。”

我打电话给若昂。

“关于卢西迪奥将为撒母耳掌厨的晚宴。”

“什么？”

“是橙汁鸭。”

一阵沉默后，他回道：“谢谢。”

若昂是最先一个来赴撒母耳晚宴的人。他看到我脸上惊讶的表情，说：“卢西迪奥烹饪的橙汁鸭——你真以为我会错过这样的珍馐美味，是吗？”

在他之后，马科斯和扫罗很快就到了，他们看到若昂也很惊讶。扫罗看着我，我举起了手，示意责任不在我身上。

“我可警告过他了。”

“你想死吗，若昂？”扫罗问道。

“你忘了，”若昂说，“有两个假设：第一，死亡是按名字的字母先后顺序排列的，在这种情况下，死的会是丹尼尔。第二，要死的人……”

若昂不得不停下来，因为卢西迪奥刚好走进房间检查餐桌上的东西，东西已经摆好了。当卢西迪奥回到厨房时，若昂继续说：“第二，要死的人最喜欢的菜是主菜。当然，还有第三个假设，那就是我们全都疯了，而死亡与晚宴毫无关系。”

“嗯，今晚我们就能找出真相。”马科斯说。

撒母耳总是在他举办晚宴时上香槟酒，宴前和宴中。我们开始喝香槟，同时吃着卢西迪奥做的美味点心。我们为拉莫斯和亚伯干了杯，犹豫了一会儿之后，也为安德烈干了杯，接着，若昂举杯对着我说：“愿最坏的人死去。”

马科斯说：“嘘！”卢西迪奥也许能从厨房里听到我们的声音。

我们的厨师觉得我的烤箱有问题。他已经计算出八位食客要上三只鸭子，但烤箱一次只能放进两只鸭子，当我们把头两只鸭子拆解入腹时，他会做第三只鸭子。橙汁鸭很完美，若昂每吃一口，都发出满意的呻吟，他从来没有尝过这样的橙味调味汁。我必须承认，死亡的可能性大大增加了我从食物中享受到的乐趣。卢西迪奥关于河豚的说法是真的，死亡的风险确实对味蕾有影响，食物的滋味变得异常清晰，人们欣喜若狂地吃着，几近极乐。我记得拉莫斯的理论，他在自己去世前最后的晚宴上阐述了这个理论，即在我们误入歧途的牢房里，死囚令人嫉妒，因为他知道他将死于何时。若昂一定也有类似的感觉，他也受到了命运的眷顾，享受着在死囚区吃一顿大餐的奇特喜悦。当我去取第三只鸭子时，我注意到卢西迪奥在一个单独的盘子里放了几片带调味汁的鸭肉，然后把盘子放在一边。我和若昂勇担重任把第三只鸭子吃光了，这是其他客人对即将死去之人表达尊重，不管死亡顺序是用什么标准确定的。

扫罗叹了口气说："我才是那个该死的人……"

他已经被安德烈的公司开除了，他一直找不到新工作，身无分文，除了欠前妻的钱外，还得养活马科斯。他嫉妒地看着若昂和我。

我们继续像两个死囚一样狼吞虎咽。

卢西迪奥带着剩下的鸭子进来了，他有些严肃地走到餐桌前，围着那条滑稽的、长及脚踝的围裙。我们沉默了，八个沉默的候选人坐在三具鸭子的尸体前，我们知道我们要做出少有的重大决策。从那时起，"炖牛肉俱乐部"要对抗命运，几秒钟后就要对抗，而我们的青春期本来还很漫长。卢西迪奥说："还剩了点儿，有人要吗？"

若昂和我彼此注视，我说："不，其实我已经饱了。它很好吃，但是……"

若昂伸出手去拿盘子：“我要了。”

那天晚上引用《李尔王》的话，后来我查过了，他解释说，橙汁鸭的秘密调料是加在上面的苹果白兰地酒，酱汁是苹果和橘子之间的“友好协议”的产物——说得没有一丝幽默——卢西迪奥说他希望我们能享受它。

“我宁愿别人骂我糊涂，也不想让人说我温厚。”

我不太清楚撒母耳会对这些话做何反应，依稀记得他一边微笑，一边摇头，就像一个不太相信自己听到的话的人。

在我最近写的关于同性恋连体姐妹的故事中，如今祖米拉已经是个老妇人了，她在跟各式各样的女人谈过恋爱之后，又跟一个女吸血鬼有了暧昧，她的脖子被咬了，也变成了吸血鬼。她开始痴迷咬泽纳德的脖子这个想法，所以泽纳德不得不时刻警惕她姐姐的犬牙，她们之间未实现的爱变成了仇恨。这个比喻，如果我对自己理解正确的话，描述的是恐惧，因为命运在等待着我们，而不是我们在等待着命运，这样虽然可怕，但也是明确而肯定的。每当我试着给她讲这些故事时，莉薇娅总是用手捂住耳朵，她试图说服我不再写这些，而是去写儿童文学。

六、乳蛋饼

若昂是我们这群人里第一个开车的，他偷了他父亲的车，把我们七个人塞进车里，然后带我们去兜风，结果车越过了一堵比汽车本身还要高的墙，陷在了别人的后花园里——我们莫名其妙，不知道他怎么办到的。我们逃到阿尔伯里的酒吧，不久之后，房子的主人——一个叫奥梅罗的人，在一名警官的陪同下出现了。我们都跑得上气不接下气，若昂头破血流，一个小精灵造型的花园装饰摆件把他划伤了，又是一个莫名其妙。这个小精灵造型的花园装饰摆件碰碎了汽车挡风玻璃，冲进了车里。就在那时，阿尔伯里说了那句话，此后，每当我们回忆起这一幕的时候，都会重复这句话："他们都是天使。"我们不仅在入侵奥梅罗的花园这件事上是无辜的，而且，考虑到阿尔伯里的语气，无论我们做什么，我们都始终无辜。这不是赦免，这是诅咒。

这不是一个暂时的情况、一个谎言，而是一个范畴。没人比双胞胎 2 号马科斯更像天使了，他容貌精致，有着水汪汪的巴塞特猎犬[①]般的眼睛。当他下车时摔了个嘴啃泥，一直发抖，浑身是泥，但是他向奥梅罗和警察证实了阿尔伯里的话。我们在酒吧待了两小时，对车的事儿一无所知，我们是无辜的，那天晚上，马科斯的眼睛救了我们。除了若昂，我们都下了车，这辆车被确认属于若昂的父亲，若昂受到了惩罚，一个多月不能开车上路，现在马科斯是在若昂守灵仪式上哭得最多的人。

① 巴塞特猎犬又叫巴吉度猎犬，产自法国，也被称为法国短脚猎犬。身长腿短，垂耳大而长，嗅觉很敏锐。

“这是惩罚。”马科斯说。

他变得神秘起来，只有他的体重让他无法飘飘欲仙，随着时间的推移，他也变得古怪起来。有一次，他想把扫罗拽到西藏去，扫罗用尽一切可能的理由劝阻，才让他放弃这样的念头。扫罗张开双臂，好让马科斯好好看看他，他甚至转过身来，好让马科斯能把自己每一个细节都看得清清楚楚，看清他那整洁的衣服、内衣和惹人注目的红色领带，然后他说：“你真能想象我在喜马拉雅山吗？”马科斯放弃了去西藏的想法，他们俩从未分开过。马科斯是个孤儿，由他的姨妈，也就是扫罗的母亲抚养长大。当马科斯娶了奥尔金哈的时候，其他爱上他的女孩大失所望，她们爱他浪漫的形象和天真无邪、楚楚可怜的眼睛——或者正如撒母耳所说，“悔过的浪子”的眼睛。若昂评论道：“我想知道谁会睡在中间？”此话与事实相去不远。扫罗跟他们一起去度蜜月，尽管他发誓说自己独自睡在一个房间里，扫罗一直呵护马科斯。他坚持说他的表弟是个伟大的画家，即使俱乐部的其他成员都认为马科斯实际上是个平庸之辈。他会偷偷购买马科斯的画，这样，马科斯就会认为自己的画展很成功。我们家里都有几幅马科斯的画，是扫罗送给我们的，当奥尔金哈为了一个乌拉圭人而离开马科斯的时候，扫罗发誓要报复，但不只是报复奥尔金哈和乌拉圭人。他还想出了通过组织抵制和反乌拉圭示威危害乌拉圭的办法，马科斯是我们俱乐部的宝贝。即使是撒母耳也没有理由侮辱他，只能说："浪子也可以成为圣人，反之亦然。"在我的朋友里，莉薇娅只喜欢马科斯，有一次，她甚至成功地说服他遵循她的膳食方案有计划地饮食。但这没持续多久。她没有意识到，马科斯天使般的外表下隐藏着恶魔般的食欲，随着时间的流逝，我们浪漫的艺术家变得又胖又丑，越来越不谙世事，不知民间疾苦，只有短暂的拜访和吃饭能把他拉回现实中。他创作了一些神秘的绘画作品——平庸乏味的寓言，但幸运的是，他再也找不到愿意给他办画展的人了。扫罗把那些画作为礼物送给了我们。

“这是惩罚。”在若昂的葬礼上，马科斯一停止哭泣就这样说。

“你这么说是什么意思？”我问道。

“我们在遭受惩罚。”

“但是为什么？”

那对水汪汪的眼睛，天真无邪、楚楚可怜的眼睛正日渐衰老。

“为什么？为什么？你怎么还能问为什么？”

我们在角落里窃窃私语，教堂里唯一的其他声音是若昂家人的啜泣声。我环顾四周，想看看是否有人对他的死幸灾乐祸，但被若昂骗过钱的投资者没一个到场。

“瞧，没人在我的公寓里中过毒。”我说。

但马科斯继续说："我们因为我们的罪孽，因为我们堕落的灵魂正在受到惩罚。"

扫罗抓住马科斯的胳膊："冷静点儿，马科斯。"

在他死前的最后一次晚宴上，拉莫斯曾对我们说过："我们都对死囚怀有一种隐秘的羡慕。"那时拉莫斯已经知道自己就要死了，我们也知道他就要死了。晚宴是在我的公寓里举办的，撒母耳负责提供食物和饮料，我们上了拉莫斯最喜欢的菜：大龙虾配蛋黄酱，还有薄荷酱羔羊肉。在他看来，除了莎士比亚和议会制政府以外，薄荷酱是英国对西方文明的唯一贡献，尽管在这一点上，他从未彻底说服过我们。拉莫斯是俱乐部里唯一喜欢薄荷酱的人，拉莫斯说："我们的生活就像拙劣的谋杀故事，缺乏艺术的对称性或者对艺术的顿悟。"我们从一开始就知道凶手是谁，他和我们一起出生，我们生来就和自己的刺客绑定在一起。是的，就像——他手拿雪茄，远远地祝福我——丹尼尔的连体兄弟。我们和凶手一起长大，凶手的身份并不神秘。我们欲望相同，弱点一致，连犯的罪都一样。但我们从不知道他何时会杀了我们，我们从不知道他在玩什么游戏。他知道我们死亡的时间和方式，就像知道有情节、有结局的演出一样，拥有侦探小说对生活的所有优势，他知道我们的命运就像偷瞄了一眼本书的最后一页。作为作者和凶手的同谋，我们对自己的生活有不同的解读，我们有目的有逻辑，更确切地说，我们懂得文学上的讽刺。“读侦探小说唯一明智的方式是从结尾倒着读。”拉莫斯说着，他对巧克力小子蒂亚戈的抗议报以黯然微笑，蒂亚戈对巧克力和侦探小说迷恋成瘾。我们所羡慕的是死囚享有特权，他知道他的生命将如何结束以及在何时结束，我们羡慕他比我们更善于阅读。拉莫斯总结说：“死囚牢房里没有漫不经心的读者，所有的作家、评论家和美食家都应该永远处于临终状态。”那天晚上，自从炖牛肉俱乐部成立以来，拉莫斯第一次没有在喝干邑白兰地时要求敬酒。我们都知道这是我们最后一次共进晚餐，然而，我们不知道结局会来得这么快，翌日午夜前，拉莫斯在医院里去世了。

撒母耳站起来敬酒，他向拉莫斯举杯。

“敬我们神圣的杂种。”

5月的守灵仪式最麻烦，若昂的家人无法解释他的死因。晚宴后，他半醉而归，不肯上床睡觉，也不肯坐下，他说当“他”来的时候，他想站着。“他”是谁？若昂非常激动。直到天将破晓，他才终于同意躺在沙发上，然后他再也没有醒来。心脏病发作。他一生中从没得过一天病，也始终保持着好脾气，他曾幸免于各种危机、法律诉讼和死亡的威胁，以及迫在眉睫的破产，血压健康得跟个小伙子似的。小伙子似的，他的母亲重复道，极为愤怒。怎么可能是心脏病发作呢？

莉薇娅走进教堂，跟若昂的母亲和妻子打过招呼后，向我走来，好像准备揍我似的。

“这是怎么回事，津？”

“你冷静点儿，这不是发脾气的地方。”

“这是怎么回事？发生什么事情了？”

“瞧，没人在我的公寓里中毒。”

怎么可能呢？三次晚宴，三次死亡，发生了什么？我让莉薇娅小声点，但是若昂的妻子意识到她已经有了一个盟友，走过来站在莉薇娅旁边，就在我眼皮底下，她要求对所发生的事做出解释。我先解释，炖牛肉俱乐部再解释，炖牛肉俱乐部一切自理。撒母耳说：“没人需要解释什么，这是命运的安排。”扫罗也开始为我们辩解，但当他看到马科斯不在他身边时，他不得不停下来。马科斯站在灵柩旁边，开始对死者发表演讲：“罪人……”

在他说出更多冒犯之语之前，扫罗设法把他拖走了，但若昂的母亲已经震惊地把头往后一仰，喘着粗气。在我们被赶出去之前，我们认为我们七名幸存者最好是集体撤退，当我们离开时，我们听到有人提到验尸，事情不能这样继续下去了。

在我继母的仆佣大军帮助下，莉薇娅把我的厨房从上到下彻底打扫了一遍。她换掉了所有的锅碗瓢盆，并给阳台消了毒。她还要求更多地了解为我们晚宴掌厨的这个“卢西迪奥”。他是从哪儿冒出来的？他手上可能有致命的细菌。

我试图改变话题，但莉薇娅坚持不让我打岔，等卢西迪奥下次为俱乐部掌厨晚宴时，她也想在场。她总以为我们已经疯了，毕竟在三个人死亡后还继续晚宴的行为足够疯狂。

若昂的葬礼结束两周后，卢西迪奥给我打了电话。

“对若昂的事，我很难过。”

“嗯。”

“他是心脏病发作吗？”

“显然是，当时有人嚷嚷着要进行尸检，但现在，我认为他们没有这样做。”

“尸检？”

“找出是什么杀死了他，我是说，他可能是被毒死的。”

“你是说食物里有毒？”

“没错。”

他什么也没说，突然，我惊慌失措。我不想让他误会我的意思，挂断电话，然后永远从我们的生活中消失。不能发生在他给我做法式烤羊腿之前。我说：“你还在吗？”

“在。”

“我们讨论一下6月的晚宴好吗？”

我们之前说好保罗会负责6月的晚宴开销，但就像其他的晚宴那样，在我的公寓里举行。

“当然。”他说。

我松了一口气。

“你想好做什么菜了吗？”

“我想把乳蛋饼[①]作为主菜。”

“好的。”

乳蛋饼，马科斯对乳蛋饼很着迷。

我没把晚宴的正确日期告诉莉薇娅，这样她就不会在卢西迪奥准备饭菜的时候在厨房里碰到他了。卢西迪奥抱怨锅都被换了，幸运的是，莉薇娅用新的乳蛋饼盘子换掉了我原来的盘子，尽管卢西迪奥更喜欢旧的。晚宴当晚，等大家都到了，我就把他们都叫到我的书房

① 乳蛋饼最早出现于1605年的法国洛林地区。洛林乳蛋饼被公认为最经典的乳蛋饼。最早的基本原料是鸡蛋、奶油（或全脂牛奶）、肥膘肉（或熏肉）以及少许盐和黑胡椒调味。

里并锁上了门。卢西迪奥花了整整一个下午准备晚宴，如果他从厨房出来，我们不会措手不及。我们低声交谈，这样，隔着门他就听不见我们在说什么了，我们需要谈谈。

“亚伯、安德烈、若昂……如果按名字的字母先后顺序排列，那么他就漏掉了你，丹尼尔。他为什么要那样做？”

“不是按名字的字母先后顺序排列的。”马科斯说。

“那么，他按照什么顺序呢？”

“是按所犯罪孽的顺序。亚伯是我们十人中的第一个，因为他放弃了信仰。《圣经》十诫[1]第一诫不是‘你要尊敬耶和华你的神’吗？”

我们互相交换了一下眼色，没人知道《圣经》十诫的顺序。

---

① 十诫，是《圣经》记载的上帝（天主）借由以色列的先知和众部族首领摩西向以色列民族颁布的十条规定。据《圣经》记载，这是上帝亲自用指头写在石板上，后被放在约柜内。犹太人奉之为生活的准则，也是最初的法律条文。

“那么，安德烈除了是个讨厌鬼之外，还有什么罪孽呢？”撒母耳问。

“还有若昂呢？《圣经》十诫并不真的适用于撒谎者、高利贷者、骗子和讲糟糕笑话的人，还是说适用于他们？”

“按名字的字母先后顺序排列。”佩德罗说。

“或者根本就没有顺序，他选择让谁去死，就会做那个人最喜欢的菜。”

我们都看着马科斯。考虑到他符合这两个标准，那么这次轮到他了。

“如果按名字的字母先后顺序排列，他为什么会漏掉丹尼尔？”马科斯坚持说。

“因为丹尼尔拥有公寓和厨房，而且是他把卢西迪奥介绍给我们的。不管用什么标准衡量，丹尼尔都会最后一个死去。”

“死去的人，”佩德罗说，“总是要求更多的人。”

“如何死去？”我问道，“你说‘什么标准’是什么意思？被毒死？”

“瞧，在我的公寓里没人中过毒。”

“噢，丹尼尔，醒醒吧。他一个接一个地毒死我们。毒药肯定是来自那种鱼。”

“什么鱼？”

“他跟我们提过的日本鱼。”

“实际上，你不相信那个故事，对吗？”撒母耳问。

“为什么我们应该相信？他告诉我们他在巴黎学习过烹饪，他制作的菜肴证明这是真的。他说他可以获得一种致命的毒药，在他烹饪晚餐后三次神秘的死亡也证明了这一点，然后还有鱼鳞。”

“鱼鳞并不能证明什么。”撒母耳说。

“为什么不呢？”

撒母耳掏出他的钱包，也拿出一片鱼鳞，跟卢西迪奥之前给我们看的一模一样。

“因为我也有一片。”

根据撒母耳的说法，在任何一家出售日本工艺品的商店里都可以买到这些多棘鱼鳞，而表意文字并不意味着“所有的欲望都是对死亡的渴望”或“饥饿是一个失聪的车夫”或任何类似的废话，它只是“海”的表意文字。鳞片来自一种可能有毒，也可能无毒的鱼，但更有可能来自某种观赏鱼。佩德罗说这也证明不了什么，因为事实是，卢西迪奥给我们下了毒，马科斯显然被选为今天晚宴的受害者，我们需要决定该怎么做。你觉得呢，马科斯？

但马科斯抬起头来，嘴角露出一抹淡淡的微笑，他完全没听见我们说了什么。

“闻一闻吧。”马科斯说。

“闻什么？”扫罗问道。

“乳蛋饼的味道。”

华丽的点心。巨大的芦笋，谁知道在哪儿买的，用荷兰汁[①]调味。还有洛林乳蛋饼……又精致，又美味，又神圣。每人两个，装满了整个盘子。等把盘子收回厨房的时候，我们吃个精光，当晚唯一不和谐的是保罗的葡萄酒。保罗为佩德罗工作，而佩德罗已经破产了。撒母耳认为，这种情况下的规则是，员工的酒越来越差，而老板的酒越来越好，因为老板为了安慰自己，开始把更多的钱花在奢侈品上，而不是花在失败的企业和员工身上。这款酒是巴西葡萄酒，这激怒了撒母耳，他开始侮辱保罗和佩德罗。撒母耳威胁说要把保罗的毛衣袖子浸在酒里溶解，正在此时，卢西迪奥端着个盘子从厨房里走出来，盘子里放着一个乳蛋饼，他说："还有一个，谁想要？"

接着是一阵漫长的、深沉的沉默。马科斯和扫罗面

① 荷兰汁，又译蛋黄奶油酸辣酱。西餐中常用的基础酱汁之一。将蛋黄以搅拌器搅拌，然后加入柠檬汁、胡椒粉、盐，再慢慢倒入加热煮熔化了的黄油中，保持加热状态并且搅拌至浓稠而成。

面相觑，最后，扫罗说：“你不想要，是吗，马科斯？”

为了转移话题，蒂亚戈问甜品是什么，但是卢西迪奥没有回答。撒母耳说：“算了吧，马科斯。”

“是的，”佩德罗说，“让我们继续吃甜点吧。”

马科斯仍然什么也没说。他看了看乳蛋饼，然后又看了看扫罗，再看了看乳蛋饼。他叹了口气说：“我要吃。”

扫罗犹豫了一下，然后说：“那我也来一块。”

卢西迪奥回到厨房，拿出另一个盘子。他把乳蛋饼平分成两份，把盘子放到餐桌上马科斯和扫罗的面前。这一切都是在绝对的沉默中发生的，马科斯和扫罗默默地吃着，我们默默地坐着，直到他们都吃完了。卢西迪奥站在餐桌旁。当他们吃完之后，随着夜幕降临，撒母耳布满皱纹的脸上似乎长出了更多的皱纹，他说：“当我们能够说‘这是最不幸的事’的时候，那还不是最不幸的。”

《李尔王》，第四幕，第一场。

卢西迪奥微笑着，双唇紧闭。

七、法式白汁[1]炖小牛肉

有一次，马科斯、扫罗和我，我们花了整整一个下午的时间，在公司里讨论完美女人的问题。当时我在追求我的第一任妻子，后来我们分手时，她坚持要保留我们一起买的一个小雕像作为“我们美好时光的纪念品”，此举令人感动。可当她走到前门时，她转过身，把小雕像朝我的头猛掷过来。我们都有女友，固定的，和不固定的，除了撒母耳，他鄙视“好”女孩，经常去

① 白汁，又叫奶油汁，是法餐四大底汁之一，口味醇厚，主要成分是鲜奶油、炖肉的高汤、黄油面粉。

城里的妓院，但这些女友中没有一个具备我们认为完美女人应有的任何一种品质。那天下午，我们描述了她的头发和皮肤，甚至还详细描述了她的牙齿应该是什么样子。我们一致认为，略微突出的门牙使上嘴唇上翘——只有少许——只会让她更完美。我们还选了她的语调、胸部、腿部，甚至脚踝的纤细程度。然而，只有当我们描述整个完美女人的形象，争论是要分享她还是为了她而战斗到死时，我们才意识到描述的是玛拉，她是佩德罗的妻子。我们很快就为我们的梦中情人起了个名字——维罗妮卡·罗伯塔，和我们朋友妻子的名字完全不同。每当我们向往玛拉，那个我们永远不该向往的女人的时候，我们就会梦见维罗妮卡·罗伯塔。

二十年来，玛拉的恬静之美未曾消减几分，她有几根白发，但她并没有试图掩饰。她的身姿不再那么轻盈，但她依然是我们的梦中情人，让我们充满热情。

她注视着灵柩里扫罗的脸，然后站了很长一段时间，看着马科斯的脸，他死后似乎又恢复了青春和天使般的容貌。马科斯一直是玛拉的最爱。“在你们当中，马科斯是唯一值得拥有任何东西的人。”在她与撒母耳有染并与佩德罗离婚后，她曾对我这样说。她向我走过来，撒母耳就在我身边。双胞胎 1 号和双胞胎 2 号的守灵仪式进行得很顺利，与若昂动荡不安的守灵仪式形成鲜明的对比。炖牛肉俱乐部在仅仅四个月的时间里就失去了一半成员，尽管对表兄弟俩同时死亡感到震惊，同时也对俱乐部遭遇的悲剧越来越感到困惑，但玛拉依然问候了我。我犹豫了一下，然后说：“你还记得撒母耳，是吧？”

她往后退了一步。

“撒母耳！”

他微笑着，小心翼翼地不张开自己的嘴，避免露出他的烂牙。他眼睛下面的黑眼圈看起来活像是被木炭画出的浓浓阴影。

“你好吗，玛拉？”

她说不出话来。他们面面相觑，玛拉张着嘴，撒母耳强颜欢笑，双颊凹陷得更厉害了。然后他耸了耸肩，仿佛免去他自己对时间流逝的一切责难，并为自己是守灵仪式上的第三具尸体而道歉。玛拉的泪水夺眶而出。

我们不知道佩德罗是否怀疑过玛拉瞒着他和撒母耳私下有染，对我们来说，这是令人痛苦的。我们简直无法想象，那个完美的女人可能会和四蛋撒母耳有外遇，无论他有多么令人神魂颠倒。想到玛拉和佩德罗同床而眠，我们并不感到困扰。从孩提时起，我们就愉快地授予佩德罗一切与生俱来的特权，丝毫不觉得自己受到了任何损害。当他开始在家里上课时，我们为失去一位同学而感到遗憾，但我们没有排斥他，也没有嫉妒他。当他母亲不许他跟我们混在一起时，我们理解她的担忧：我们一身污点，肮脏又危险。佩德罗十八岁生日时得到了他的第一辆车，我们同意如果想搭车旅行，就要遵守他立下的规矩：一次只搭两个人，免得让学校经受过大的停学压力，还得穿上干净的鞋子，我们都很喜欢这辆新车。佩德罗向我们介绍了他的女朋友玛拉，她的头发又长又直，皮肤雪白，门牙有点不完美——但是不完美到完美的程度——我们得出结论，这不过是命运赐予我们太子爷的另一份完全应得的奖赏。佩德罗和玛拉在欧洲的蜜月持续了将近一年，我们在想象中陪着他们从一张床滚到另一张床。当他们回来时，佩德罗接手了他父亲的公司，后来在他父亲去世时接替他父亲担任了董事。在接下来的二十年里，正如我们所预料的那样，他毁掉了公司，也失去了玛拉，对此我们从未原谅过他。当炖牛肉俱乐部第一次进行欧洲之旅时，佩德罗和玛拉还没有离婚，但他却带着另一个女人一起去了，这样我们就失去了玛拉的陪伴。我们只能用对维罗妮卡·罗伯塔的梦想自我满足，她从来没有让我们失望过。例如，维罗妮卡·罗伯塔绝不会与四蛋撒母耳有染。

在第一次和炖牛肉俱乐部一起去巴黎时，拉莫斯第一次，也是唯一一次和我谈起他是个同性恋。一天傍晚，我们在塞纳河岸边散步，他向我讲述了他在巴黎的经历。他从年轻时起就经常到巴黎来，曾在蒙帕纳斯[1]的一间公寓里住过四年，他每年回巴黎一次，有时不止一次。他在巴黎有个朋友，一个非常亲密的朋友，然后他纠正了自己的说法，好像已经做出了决定。

“不，他不是朋友，他是我的爱人。”

“啊。”我说，只是想说点什么。

“我们就在这里相遇，他是巴西人。”

“啊。”

“这次我没去看他，这一切有点复杂……”

我偷偷地看了看拉莫斯的脸，想找出他突然需要信任的原因。我们碰巧一起走着，这纯属偶然。除了

① 蒙帕纳斯，巴黎塞纳河左岸的区。

俱乐部整体的亲缘关系以外，我们没什么特别的亲缘关系。他是我们的组织者和老师，我们都很钦佩他，但我们对他知之甚少。撒母耳把他介绍给我们这群人，但就连撒母耳似乎也不太了解他的私生活。撒母耳总是称他为“酷儿[①]”，因为他古怪而又做作。但多年以后，当拉莫斯在医院里死于艾滋病时，撒母耳似乎对拉莫斯同性恋身份的确认最为痛苦，这让我们不再认为他们是恋人。

“啊。”

“我在巴西还有一个朋友。”

“啊。”

“我让你厌烦了吗？”

“不，没有。”

“爱情总是很无聊，尤其是复杂的爱情。”

“不，没有。”

---

① 酷儿，由英文 queer 音译而来，是西方主流文化对同性恋的贬称，有“怪异”之意。

“人类行为的无限多样性并不像人们说的那样令人着迷，相反，它是我们所有痛苦的根源。”

“啊。”

去做拉莫斯的知己，我感到很不自在。为什么是我？由于我是个藏不住话的人，我几乎算不上是最能保守机密的知己。

“如果他们都是明智的人，情况会有所不同，但他们不是。他们既愚蠢，又残忍。”

“他们彼此认识吗？”

“哦，是的，他们彼此憎恨。”

然后他补充道：

“他们是我的‘顽童’……”

我以为他说的是“我的馄饨男孩”，以为肯定跟中国菜有关，但拉莫斯解释说，“wanton”是一个英语单词，意思是“淘气的”“恶作剧的”“坏的”。“顽童”是莎士比亚的名言。

那天晚上，我们在巴黎一家最古老的餐厅里围着一张大餐桌用餐，拉莫斯在喝干邑白兰地时，用法语发表了演讲，令大多数成员感到沮丧不已。撒母耳坚持叫侍者“杂种先生”，差点儿惹出事端。在巴黎的那一天之后，拉莫斯再也没有和我谈过他的私生活，我也从来没有问过他。

在双胞胎的葬礼上，一个男人走到我面前，做了自我介绍。我以为他说他是名督察，于是，在他问我任何问题之前，我说：“瞧，没人在我的公寓里中过毒，督察先生。”

但我听错了，他纠正了我对他的称呼：“不，我不是督察，我叫斯佩克特。这是我的名片。”

他的名字叫尤金尼奥·斯佩克特，名片上除了电话号码以外，只有“事件”这个词。他想在方便的时候和我谈谈，他提出了一个我可能会感兴趣的建议。他让我给他打电话。“等你，”他说，做了个主教的手势，把我们周围的一切都囊括其中，“从悲痛中恢复过来的时候。”几天前，斯佩克特先生在这儿，而且……但我又有点说过头了。丹尼尔，别这样！

葬礼结束后，我们回到了我的公寓，聚集在我的书房里。幸存的炖牛肉俱乐部成员都在这儿了：我们全部五个人。葬礼上，莉薇娅不停地说：“这太疯狂了，津，太疯狂了。你必须停止举办晚宴。”要讨论的问题是，我们应该停止举办晚宴，还是不应该？下一位主持晚宴的人会是佩德罗。按名字的字母先后顺序排列——因为扫罗选择了不按顺序死去——保罗应该是下一个死去的人。

“那么，我们要取消晚宴吗？”我问。

“不。”保罗毫不犹豫地说。

“我认为我们应该投票表决。”撒母耳说。

“我是主要的利害关系人，”保罗说，“晚宴将继续进行。”

佩德罗建议应该由保罗选择菜单，而不是卢西迪奥。保罗不同意，卢西迪奥将决定做什么。我建议我们监督这顿饭的制作过程，尤其是最后那道菜。保罗也否决了这一提议，卢西迪奥从事他的工作时必须有充分的自由。

“说实话，”保罗说，“撇开死亡不谈，你这辈子吃过那样的绝顶美味吗，像在卢西迪奥主厨的晚宴上那样？”

“不，但是……”

“还有一件事。如果我们开始干涉他的工作，他就会消失，他会走，他会离开我们。”

“我们是正在消失的人，”蒂亚戈说，“一个接一个，一个月一个。炖牛肉俱乐部的结束不是因为缺少厨师，而是因为缺少成员，我们都快死了！”

然后保罗向后靠在沙发上——在马科斯的一幅画的下面，按画家的说法，那幅画描绘了一个人从灵与肉的二元性中解脱自我的挣扎，然后他说："嗯，我不知道你们的想法，但我真的不在乎。"

莉薇娅打电话给我，问我过得怎么样，我说我很好，打算去睡一会儿。她问是否有人和我在一起。"不。"我撒了谎。其他人走后，撒母耳留了下来，他对马科斯和扫罗的死以及他与玛拉的会面深感沮丧。

"停止这种疯狂行为吧，津！"

"当然。"

"停止晚宴吧，告发那个厨师！"

"当然，当然。"

当我挂断电话时，撒母耳正在研究马科斯的一幅画——扫罗曾把他的多幅画作捐赠给我，这是其中的一幅，我用来装饰书房的墙壁。

“你认为马科斯自杀是一种自我批判之举吗？”

“那就是我们正在做的事吗，杀死我们自己？”

“我没这么做，你呢？”

“我还记得当我可能是那个被选中去死的人，吃橙汁鸭时感受到的沉醉和快乐。”拉莫斯曾经描述过那种进入特权领域的感觉，一切都是清晰而不可避免的，感官感受会被提升到第 n 级。死囚区，或如卢西迪奥描述过的河豚品尝者的领地。

“撒母耳，告诉我一件事。”

“告诉你什么？”

“你怎么会有和卢西迪奥一模一样的鱼鳞？”

“问问卢西迪奥，他怎么会有和我一模一样的鱼鳞。顺便说一下，他对此撒了谎。”

“你的鱼鳞是从哪儿弄来的？”

“那是一份礼物。”

“你为什么认为卢西迪奥在鱼鳞的问题上撒了谎？”

“他想引起你的好奇心。关于河豚的整个故事都是他编的，他只是想让你更感兴趣，他知道你喜欢稀奇古怪的东西。”

“他怎么知道的？”

“肯定有人告诉过他。”

“你认为他这么做只是为了让我邀请他为我们烹饪食物，这样他就能毒死我们吗？”

“嗯，他的目的达到了。”

“但他为什么要毒死我们呢？”

“你问错问题了。”

“正确的问题是什么？”

“我们为什么要让自己被毒死呢？”

保罗是最后一个来赴晚宴的人，他将在晚宴上被毒死。卢西迪奥已经证实，今晚的主菜是法式白汁炖小牛肉。保罗的最爱。那个死囚来了，肩上披着一大块红布，像斗篷一样。作为一名政治活动家，他一直在寻找过往生涯中能祭奠自己的东西，但除了几本发霉的书之外，什么也没找到。他临时做了一面红旗，披在肩上，整个晚上，只有他一个人在讲话。他讲述了他在学生时代的政治承诺，他担任议员期间的政治承诺，他东躲西藏的那段时间，他参加的示威游行，他代表党执行的秘密任务，他被关押的监狱，以及他当选为党代表，他也谈到了他的背叛。是的，那是真的。他曾背叛了他的同事，告发了他们。当我们过着毫无荣耀的平庸生活，甚至从未因犯下重大恶行或可怕罪过而得意扬扬时，他却在街垒旁，在污秽中卑躬屈膝。我们的共同点是饥饿和失败，但他已经到达极限，他比我们好，比我们所有人都更好，包括那些已经死去的人。他一边说着，一边狼吞虎咽地忙着吃点心，接着是洋葱馅饼，然后是几份小牛肉，配上从地窖里挖出来的波尔多干白葡萄酒，那是佩德罗为最后的晚宴准备的。当卢西迪奥把陶罐端进来，里面盛着剩下的小牛肉，他不需要问谁还想要更多了。保罗从他手中抢过热陶罐，哗啦哗啦地把白汁从陶罐里舀了出来，然后把它放在桌子上，用手吃起肉来，呼噜呼噜地吃着，就像在吃阿尔伯里的炖牛肉一样。当其他人吃甜点时，保罗弓着背坐在椅子上，终于沉默了，低下头，眼睛盯着桌布。他没有抬头，甚至大家都感到奇怪的是，卢西迪奥提议用干邑白兰地向拉莫斯敬酒时，保罗也没有抬起头来。

“你不能，”撒母耳抗议道，“你不是俱乐部的成员。”

但是佩德罗、蒂亚戈和我说服他让卢西迪奥继续发言。毕竟这个俱乐部已经不复存在了。

卢西迪奥举起一杯白兰地，这是他第一次喝白兰地。这是他第一次没有像以往一样依然站在餐桌旁，只是回答关于他所提供的食物的问题。我本来希望他能成为一个讲故事的好手，我本来希望他能讲讲其他的故事，比如关于河豚俱乐部的故事，但他却让我的希望落空了。他表现得像个厨师，感谢主人平等地对待他，邀请他入座，但他知道自己的位置，并保持应有的尊重。现在他要发言了，他举起一杯干邑白兰地，看着撒母耳说：“所有的朋友都将品味美德的犒赏，所有的仇敌都将尝到报应的苦酒。”

撒母耳举起酒杯，对卢西迪奥说：“你所指斥我的罪状，我全都承认；而且我所干的事，着实不止这一些呢；总有一天会全部暴露的：现在这些事已成过去，我也要永辞人世了。可是你是什么人，我会失败在你的手里？”

卢西迪奥说：“我虽然害人有罪，但是别人害我罪恶更大。”

“我一个字也听不懂。”保罗说，突然回光返照。

那是他留在这世上的最后一句话。

“无风不起浪。”撒母耳说。

他和卢西迪奥同时把他们的干邑白兰地一饮而尽。

我们商定下一次晚宴将由蒂亚戈组织，但形式相同——在我的公寓里，由卢西迪奥主厨。蒂亚戈开始说"谁会被毒……"但他及时停了下来。卢西迪奥脱下围裙，换上一件雅致的夹克，向除撒母耳以外的所有人正式道别，然后离开了。蒂亚戈随后立即离开。佩德罗送保罗回家。在离开之前，保罗给了我一个长时间的拥抱，但是撒母耳拒绝拥抱他，而且说："滚出去，你这个废物。"撒母耳躺在客厅的一张沙发上。他问那天晚上他是否能睡在那里，我说他可以。他低着头，下巴抵在胸前，目不转睛地盯着我的一堵光秃秃的墙，我说："卢西迪奥知道拉莫斯死于艾滋病。他是怎么知道的？"

"有人告诉过他。"

"你和卢西迪奥以前见过面。"

他没有回答。

“你第一次在这儿见到他时，为什么不说些什么呢？”

他闭上眼睛，叹了口气，过了一会儿才回答，说：“我想看看他会走多远。”

“为什么？”

但是撒母耳已经挥手示意我离开，表示那天晚上他不会再说什么了。

八、舒芙蕾

父亲死后，佩德罗让母亲搬到他那里，和他的第三任妻子住在一起。多纳·尼娜很快就接管了房子，她先是指责儿媳的种种罪行，包括：危害卫生、家庭和丈夫的各种罪行，并最终摆脱了儿媳。我们确信多纳·尼娜仍然每天给佩德罗洗澡，告诉他该穿什么，但是在保罗葬礼那天，多纳·尼娜显然没有尽到自己的职责。佩德罗在7月的守灵仪式上没戴领带，也没刮胡子。我觉得我们被故意排斥在外，而我们没有被赶出去的唯一原因是，他们认为不值得为我们大惊小怪。佩德罗、蒂亚戈和我站在一个远离灵柩的角落里，其他人不停地向我们投来挑剔的、不解的目光，佩德罗蓬头垢面、不修边幅的样子对此毫无助益，更别提我穿凉鞋时穿的是羊毛袜子，还有那天早上接到保罗去世的消息后，我也没刮过胡子。撒母耳没来参加守灵仪式。当我醒来为我继母的清洁大军开门时，他已经走了。莉薇娅和清洁工一起来到我的公寓，说："我就是不相信，津，我就是不相信，你实际上又举办了一次晚宴。我就是不相信。下一个要死的是谁？"难道我没有发过誓不会再举办晚宴了吗？是的，我没有，我……这时，电话铃响了，传来保罗去世的消息。他裹着红旗躺在地上，还做了另一件奇怪的事：他脖子上挂着他过去常穿的运动鞋，是踢五人足球用的，尽管他从小就没玩过这项运动，那就是他死去的模样。当佩德罗知道了运动鞋的情况后，他说："我不知道我该怎么办？"

"你是什么意思？"

“我也要做类似的事情，我要和玛拉商量一下。”

“佩德罗，你在说什么？”

“玛拉会知道我该怎么做，我该怎么死。”

他眼睛充血，面部浮肿，头发蓬乱。自从我十二岁时见到他，这是我第一次看到佩德罗失去了对自己形象的控制，佩德罗发现了没有多纳·尼娜的世界会是什么样子。

“下一个死的人是我，你知道。”佩德罗说。

他听起来几乎是无比自豪。

玛拉没参加7月的守灵仪式，但斯佩克特先生在。他远远地向我挥手致意，用手势和鬼脸示意我们的生意可以等，现在不是时候，他以后再来找我。吉塞拉在那里，她过来告诉我们，在经历了所有这些可疑的死亡之后，她已经开始调查亚伯的死亡。她会下令把尸体挖出来，我们最好做好准备，因为她会引起极大的骚动。我记得拉莫斯在喝干邑白兰地的时候说过的话，是关于女人挑战男人的。所有的女人都来自两种不同的血统：犹太基督教和希腊血统。那些犹太基督教血统的人是夏娃的后裔，上帝用亚当的肋骨造了夏娃，目的是侍奉男人，诱惑他，并在他堕落和毁灭的时候陪伴他；那些希腊血统的人是雅典娜的后裔，雅典娜是宙斯从他自己的头颅中取出来的。这些女人从不放过任何一个机会来提醒男人，她们是从神的头颅中生出的，与男人的内心或他们的诅咒无关。吉塞拉属于后者。

莉薇娅也没有出席守灵仪式，但葬礼结束后，她在我的公寓里等我。她找来了一个我意料之外的人，试图强迫我面对自己的疯狂，让我恢复理智，一个我很少见到的人：我的父亲。在这次会面中，大部分时间都是他在说话，目的是把我从自己手中拯救出来，同时，莉薇娅没完没了地说“我不相信，我不相信”，只是在强调“不”和“相信”时有所不同，我父亲尽力去理解。

我知道人们在说我们什么吗？我们疯了，在玩某种美食俄罗斯轮盘赌，每次我们聚在一起，殡仪馆的人都要敲我们的门，这种状况必须停止。幸运的是，到目前为止，还没有警方的调查，没有审判，也没有媒体的丑闻。这种状况必须停止！

然后我说了一些连我自己都感到惊讶的话，我说：“现在停止晚宴对那些已经死去的人是不公平的。”

“什么？”

“我不相信，”莉薇娅说，“我不相信。我不相信。”

我父亲对我失去了耐心，这通常发生在我们彼此交谈大约十分钟之后，那天，我们交谈的时间更长。他叫我控制住自己，我还在写作吗？我想出书吗？莉薇娅说我有天赋。他愿意出钱找人给我出书。也许我想去国外旅行？任何能让我停止这种疯狂的事都行。我尽了最大的努力，什么也没说。最后，他失去了耐心。如果我想继续这种疯狂的行为，那很好，但我不能用他的钱去继续。如果我想自杀，那么我就应该自杀，但他不会负担经费。我再也不能指望我的继母能帮我在可怕的放荡之后收拾残局了。

我父亲离开了，而莉薇娅留了下来。

“我不相信，我不相信，我不相信。”

“你不明白。”

“是的，我不明白，津。”

“这是俱乐部的事儿，所有这些都是一个，它是一个……”

是什么？我无法解释我自己还没弄明白的事情。莉维娅说：“哦，别跟我谈这个俱乐部。一群没用的失败者，除了塞满自己的嘴，毁掉别人的生活，什么都没干。告诉我有谁曾做过任何有价值的事。可怜的马科斯试过了，但你们阻止了他，佩德罗设法使家族企业破产，若昂是个有钱的骗子，保罗简直令人难以忍受……撒母耳病了、疯了，他应该被关起来。我敢肯定这都是他的主意，我敢肯定。我甚至怀疑卢西迪奥是否真的存在，我打赌他只是撒母耳编造出来的人物。”

“不，莉薇娅。你不知道我们以前是什么样子……在这之前。”

“噢，请别跟我提拉莫斯的事。从你跟我说的内容来看，在你们当中，他最令人厌恶。”

莉薇娅以前不认识我们。她不明白。她没有参加过这些仪式。拉莫斯死后，妇女们开始来赴晚宴，她们听到的都是拉莫斯，关于他边喝干邑白兰地边发表的演讲，关于他带我们去的令人难忘的勃艮第之旅，关于那些时光……最后，佩德罗的最后一任妻子抗议道：“你听起来像使徒在谈论基督！你能不能别再谈那个拉莫斯了！”

就在同一天，莉薇娅从我这里得到了一个承诺，那就是我将停止举办晚宴，接受一些心理治疗，在她的指导下吃富含纤维素的食物，很多富含纤维素的食物。她离开后，蒂亚戈到了我的公寓。或者这是另一天的事儿？不，是同一天。这部分我写得不是很严谨。几小时以来，我一杯接一杯地喝酒，我记不起一切了，但我发誓，这或多或少就是事情发生的经过。蒂亚戈来到我的公寓，告诉我说，在参加完佩德罗主持的晚宴后，他跟踪卢西迪奥回家了，当然，非常小心谨慎。我们不想做任何可能吓走我们杰出厨师的事，也不想暗示死亡可能与他有关，或者在他的礼仪允许的范围之外对他的生活表现出任何兴趣。但是我知道卢西迪奥住在哪里吗？

"他住在哪里？"

"在拉莫斯的公寓里。"

"你是什么意思？"

"同一栋楼，同一套公寓。我在外面看到了他的名字。"

蒂亚戈，侦探小说的长期读者，他决定调查我们俱乐部其他成员的死因。我并不感到惊讶，像蒂亚戈这样有强迫症的人竟然知道这么多，例如，我知道若昂早就得了癌症，而他的家人对此一无所知吗？蒂亚戈是我们当中最容易上瘾的人。他不仅仅是对巧克力上瘾，还对关于巧克力的一切了如指掌，它的历史、它的成分，以及他依赖它的可能的化学解释。他是一个国际巧克力爱好者协会的成员，他们互相交流关于共同爱好的信息。在我们去欧洲的一次旅行中，他离开我们，去见住在布鲁塞尔的一位记者，回来时，他惊叹不已。他被邀请去那个人的家里过夜，不仅床旁边有一种装满巧克力的箱子，而且箱子本身也是巧克力做的，以防半夜醒来的人想吃巧克力，却碰到巧克力供应短缺的情况。米兰妮为所有其他俱乐部成员提供了拥有初次性经验的机会，她向蒂亚戈献上自己以换取一块巧克力，这一直是俱乐部江湖逸事的一部分，因为蒂亚戈选择了保持他的童贞和保留他的巧克力。多年后，为了参加瑞士的巧克力节，他放弃了一份大合同，从此再也没有恢复他在建筑界的声誉。但后来他对一切都很痴迷，在他的房子里，有一个房间专门用来放他的侦探小说，靠墙的书架上挤得满满当当，地板上和桌子上也堆积如山。有一次，拉莫斯说："人是唯一一种索取多于需要的动物，人之所以为人，是因为他想要的更多。"巧克力小子什么都想要，什么都想知道，他的好奇心也很强烈。他告诉我他已经调查了那种有毒的鱼的故事，在日本有一个叫串本町的小镇[①]，还有一种叫河豚的鱼，如果料理不当，它是可以毒死人的，但是河豚品尝者之间没有秘密的兄弟情谊，当然，除非是非常隐秘的。他没有发现任何日本手工艺品商店售卖多棘鱼鳞，但他把鱼鳞的样子向商店的人形容了一下，然后被告知这可能是一种雌雄同体鱼的鱼鳞，通常同性恋者会随身携带这种鱼鳞，有点像蒂亚

① 译者注：原文使用 city（城市），但串本町是和歌山县东牟娄郡的一町，町是日本行政区划名称，行政等级相当于中国的镇，故译为"小镇"。

戈在钥匙圈挂上可可豆，以便向其他巧克力爱好者表明他是同类。蒂亚戈警告说，他总是认为商店里的那个日本人没有编造事实。

巧克力小子和我去了那栋楼，它离我的公寓很近，我可以步行去那里。天色渐暗，空气寒冷，只有蒂亚戈在我心中激起的好奇心才能撬开我的松鼠树洞。最近，我离开松鼠树洞只是为了去购物中心买酒，以及参加每月一次的守灵仪式会。拉莫斯的旧公寓617号的主人名字是卢西迪奥，看门人不信任地打量着我们，很大程度上是因为我的凉鞋和袜子，但是蒂亚戈和蔼可亲，而又坚持不懈地问问题，于是他做出了让步，开始说话。617号的年轻人是一年前搬进来的。看来他是从拉莫斯那里继承来的这套公寓。在此之前，他显然住在巴黎。我描述了撒母耳的模样——这很简单，我只需要描述一个骷髅头的形象就行了——我问看门人是否曾看见撒母耳在那栋楼里进出。他说："你是说撒母耳先生吗？当然啦。在拉莫斯先生活着的时候他过去常来这里，但现在不来了。"卢西迪奥先生是一个很矜持的人，总是很有礼貌，但也很矜持。他不常出去，也从来没有客人来访，不，他似乎没有任何家人，他现在可能在家。我们想让他告诉卢西迪奥先生我们在那儿吗？不了，谢谢。我们无论如何也不让他告诉卢西迪奥我们去过那里，于是我们仓皇撤退了。我们最不想做的就是让卢西迪奥认为我们在窥探他的生活。

几天后，我接到玛拉的电话，安静些吧，我的心。她很担心佩德罗，他多年来第一次和她取得了联系。他想筹划他的守灵仪式，认为玛拉能帮上忙。

"筹划他的守灵仪式？"

"他说这是一种特权。他说，知道你的死亡日期和方式，能够计划你的死亡，这就给你的生命赋予了意义。他想把一切都准备好，他想让我帮他安排守灵仪式。他说，只有我记得他生活中的某些事情，那些甚至连他都忘了的事情。他完全疯了，他甚至想把二十多年前那群小提琴手找来，就是我们在巴黎度蜜月时，在我们餐桌旁演奏的那群小提琴手，这样他们就可以在守灵仪式时演奏了。那时他们已是老人，现在可能都死了，这绝对是疯了。丹尼尔，你们在搞什么鬼？”

“多纳·尼娜知道这件事吗？”

“多年来，多纳·尼娜已经完全失去了理智。她整天都在佩德罗的公寓里打扫浴室并消毒，现在她在找八孔直笛。”

“什么八孔直笛？”

“佩德罗小时候常玩的八孔直笛。他找不到它，现在她上上下下到处找，也不知道为什么，只是走到哪儿，就清洗消毒到哪儿。”

“他拿八孔直笛干什么？”

“上帝知道。他想死的时候带着它，他说保罗死时脖子上挂着一双运动鞋。我不知道他在想什么，丹尼尔，你必须阻止这一切！”

玛拉的声音在我耳边响起，我从未听过她的声音如此贴近我的耳朵。我们梦中情人的声音，即使她在生气，即使她在重复别人一遍又一遍对我们说的话——让我们必须制止这种疯狂的行为，都让人觉得妙不可言。但这并不疯狂，我现在知道它并不疯狂。我不能对玛拉说这些，但我理解佩德罗。在死囚区，一切都变得明确，一切都变得仪式化。甚至巴黎的小提琴家在他的守灵仪式上演奏，对我来说也不是个坏主意，在死囚区，你已经超越了荒谬的感觉，你想要的只是意义。

巧克力小子和卢西迪奥约好在我的公寓见面，以便计划8月的晚宴。蒂亚戈第一个到达，他带来了消息。吉塞拉正在和她的律师们讨论是否有可能个人对我提起诉讼，罪名是我是杀人厨房的主人，因为尽管炖牛肉俱乐部有拉莫斯创立的条例和盾形纹章，但它不是一个法律实体。蒂亚戈的调查开始揭示出一些我们已经隐约知道或有所怀疑的事情，但我们宁愿不去一探究竟。

“撒母耳是被拉莫斯抚养长大的，拉莫斯支付了他的教育费用，撒母耳一直和他住在一起，直至一定的年龄。当我们在阿尔伯里的酒吧遇到撒母耳时，他还和拉莫斯住在一起。”

四蛋撒母耳，我们的英雄。一个无赖，也是一个圣人，那个贪得无厌的好色之徒和骨瘦如柴的圣人。那个最爱我们，也是最鄙视我们的人，那个曾让我们相信我们会拥有整个世界的人，那个现在因为我们没能征服世界而惩罚我们的人。过去，他通过我们的食欲谆谆教导我们，现在，他通过我们的食欲杀死我们，非常温和，我们对他一无所知，也许是因为我们宁愿他是个谜。每当有人问起撒母耳的父母时，他总是告诉他们，他的父母死于西班牙流感。如果有人说这是不可能的，因为西班牙流感在20世纪初就已经蔓延到了巴西，他会回答：“嗯，可能是亚洲流感，我没看它的护照。”

“那么他和卢西迪奥早就彼此认识了？”

“我不知道，”巧克力小子说，“我不知道你的推测是否正确。”

我的推测是，撒母耳正在卢西迪奥的帮助下杀死我们。撒母耳正有条不紊地在炖牛肉俱乐部的成员身上实施安乐死，把天使们一个接一个地打发走，把他们从令人烦恼的身体中解放出来，从无关紧要的传记中解放出来，最终把祖米拉和泽纳德分开。

“我不知道。”巧克力小子说。

“你的调查行不通，反正我们都会死的。”

蒂亚戈愤怒地回答。

“别替我们做主，我现在还不想死。”

我对他的反应感到惊讶，我想，既然他已经按照仪式坚持了这么久，那是因为他准备坚持到底。我甚至开始思忖一旦我吃下我那份有毒的法式烤羊腿，我自己的死亡现场会是怎样，它肯定包括我那套手指任意球和我的圣爱斯泰夫葡萄酒，也许还有一张玛拉的照片。是的，在他们发现我死的地方，维罗妮卡·罗伯塔一定是富有寓意的画面的一部分。我身边还有一张字条、一篇论文，或者一本关于自杀的小说。

卢西迪奥来了，像往常一样一本正经，优雅讲究。他说他在考虑为蒂亚戈的晚宴做一些舒芙蕾，三个舒芙蕾一个接一个上，没有主菜，其他什么都没有。我说佩德罗很喜欢舒芙蕾，卢西迪奥什么也没说。弄清楚了晚宴的细节后，蒂亚戈便趁机想多了解卢西迪奥一些，只是出于友好，不会聊什么会吓到他的东西。

蒂亚戈问道：“在串本町举行的河豚兄弟会是什么时候举行的？”

“在年底的时候。”卢西迪奥回答道。

“这是不是意味着明年你就不会和我们在一起了？”蒂亚戈开玩笑说。

卢西迪奥仍然十分严肃。

“到明年，我在这里就没什么事可做了。”他说。

他会把我们都杀了，我想，一旦他们把我们都杀了，他和撒母耳会做什么？如果他们俩都是雌雄同体鱼武士团兄弟的话，他们会手拉手走进日出吗？或者撒母耳只是雇了卢西迪奥来做这件事？或者这份工作包括杀死撒母耳本人，按照名字的字母先后顺序，他将是佩德罗之后的下一个死者？完全有可能整个场景都是撒母耳为他自己的自杀而设计的，剩下的俱乐部成员会先死。在他自杀之前，他会杀死所有记得他的人，杀死自己和自己的后代，全部以自杀的方式。

为成为一名完美的总经理，佩德罗还上了艺术史和音乐课，在我们在阿尔伯里酒吧陷入永劫不复之前，他是一名有天赋的中世纪八孔直笛音乐演奏者。佩德罗带着八孔直笛来赴蒂亚戈的晚宴。不是他小时候玩的那个，因为多纳·尼娜没能找到那个旧的八孔直笛，他两天前买了个新的，然后在那两天里努力重新学习演奏。是的，他会在晚宴前，在吃舒芙蕾之前，进行一场八孔直笛独奏，吹八孔直笛是他一生中做得最好的一件事。他毁掉了父亲留给他的公司，毁掉了与玛拉的婚姻，但有两件事让他感到自豪：舒芙蕾和八孔直笛。当我为他开门时，他对我说了这一切，然后他一把攥住我的衬衫前襟。他穿着一套西装，上衣上覆盖着各种各样的仿制饰物：竞选徽章和足球队的徽章，他父亲为工业服务而获得的奖章，甚至连瓶盖都粘在他的衣领上。而且他比以往喷了更多的香水。

“天使的触觉，你知道的，天使的触觉。这就是我的八孔直笛老师常说的：‘你有天使的触觉。’那是我第一次演奏八孔直笛，直到今天，我还记得。”

我试着从他手中夺回我的衬衫。

“进来吧，佩德罗。”

但他不肯让我走。

“我不得不偷偷溜出去，他们不希望我来，玛拉甚至可能会出现拯救我。是的，玛拉，她回来了，丹尼尔。我的玛拉回来了。”

“看，进来吧，佩德罗。”

“丹尼尔，我要你在我的葬礼上发言，好吗？一定得是你。我把一切都整理好了，玛拉知道该做什么。我想让你在那里，丹尼尔！”

“好吧，好吧，不过咱们现在就进去吧。其他人都到了。”

我现在可以把整个俱乐部都带进我的书房了：撒母耳、蒂亚戈、佩德罗和我。炖牛肉俱乐部已经变成肉馅了，被敬酒的人比敬酒的人多。幸运的是，佩德罗忘记了他的八孔直笛，我们得以幸免于他的独奏会，他平静了一点儿。但是当卢西迪奥召唤我们走向晚宴餐桌的时候，他决定在饭前正式说几句，说我们可能不知道，他一直在为保罗和他的事业捐款，甚至给武装游击运动捐钱。可惜保罗不在此处，无法证实这一点，过去保罗称他为血腥的反动分子，但那只是个幌子。当保罗没能再次当选时，是他给了保罗一份工作。

“你知道吗？”佩德罗说，好像他刚想到这个主意似的，“我估计我们的公司倒闭是因为我给左翼事业捐的钱太多了。”

我们都知道佩德罗一直积极支持政府的镇压，之所以雇用保罗，只是因为保罗的兄弟——那个秘密警察，要求他这么做。但对佩德罗来说，这是关键时刻，为什么要用真正的真相来破坏它呢？炖牛肉俱乐部一切自理。继续吃舒芙蕾吧。

厨房里还剩下一小块舒芙蕾，刚好够一个人吃。根本不需要卢西迪奥开口问。佩德罗，他把所有的舒芙蕾都吃光了，他的热情越来越高，他喊道：“它们甚至比我的还要好！”——没有等最后那部分祭品的仪式性奉献，他说：“我想要更多，我想要更多！”还说：“人之所以是人，是因为他想要更多！”卢西迪奥送来了最后一份，佩德罗几乎一叉子下去就把它毁掉了。

喝完干邑白兰地之后，佩德罗正在审视他最快乐的回忆，并断定他最好的时光是和他的狗一起度过的，好吧，先是他的狗，然后是玛拉。撒母耳目不转睛地望着卢西迪奥说：“一个人到了困穷无告的时候，微贱的东西竟也会变成无价之宝。”

李尔王，第三幕，第二场。

但如果撒母耳和卢西迪奥在那场仪式性屠杀中是同伙，那又该怎么解释撒母耳眼中的仇恨呢？

九、法国巧克力侯爵夫人蛋糕

“菲罗克忒忒斯。”撒母耳说。我们被禁止进入教堂，在那里，保罗的哥哥看守着佩德罗的遗体。保罗的哥哥是前秘密警察成员，现在已经退休了。他笑容可掬，请求我们尊重这个家庭的悲痛。“哦，不，”他笑着说，“你们不能进去。”透过教堂敞开的门，我们可以看到多纳·尼娜站在开盖的灵柩旁边，驱赶着她儿子身上假想的苍蝇，不时地整理一绺头发，或拉直死者的领带。撒母耳、蒂亚戈和我就像受伤的勇士菲罗克忒忒斯一样，因为伤口发臭了，没人愿意接近。我们闻到了死亡的气息。我们从古怪的人变成了怪诞的人，我们和菲罗克忒忒斯一起被流放到他的岛上，远离普通人。玛拉走进教堂，连看都没看我们一眼。无人尊重佩德罗对自己守灵仪式的意愿，我在墓地发表讲话这个想法被佩德罗的家人一致否决，主要是多纳·妮娜反对，她记得我是一个有污点的小男孩，靠近灵柩无疑会对死者构成威胁。丹尼尔？当然不行！前一天晚上，佩德罗从晚宴回来，到家时已经很晚了，但他没有进屋。他向花园尽头的狗窝走去，他决定死时和他的狗待在一起。他被发现时已经死亡，搂着一条叫“冠军”的拳师犬[①]，另一条叫“杰克逊”的拳师犬正在舔他。

撒母耳、蒂亚戈和我步行去墓地。撒母耳比往常驼得更厉害，更忧郁，每次守灵仪式后，他似乎都老

---

① 拳师犬，原产地是德国，体形外貌漂亮强健。头和身体很相称，鼻大而黑。耳生长位置较高。可用作警犬、护卫犬、个人警卫犬，也可用于导盲犬。

了好几岁。前一天晚上，我们得出的结论是，我们陷入了进退两难的境地：那是 8 月初，炖牛肉俱乐部所有成员，那些本来还打算举办一场晚宴的成员都已经死了。蒂亚戈甚至建议我们宣布今年结束了，炖牛肉俱乐部灭绝了，但撒母耳和我不同意。佩德罗已经认为自己是个死人了，他一声不吭地走了，没人多说什么，但似乎不应该以这种方式结束它，不管“它”是什么，这对已经死去的俱乐部成员不公平。就在这时，卢西迪奥建议由他来主持晚宴。他会做法式薄煎饼，一次全上法式薄煎饼的晚宴。他会付钱的，那是一份礼物。于是我们约定，9 月的晚宴将在我的公寓里再次举行，那将是卢西迪奥向炖牛肉俱乐部、对它死去的成员和幸存者表示敬意，那将是一次简单的法式薄煎饼晚宴。

“如果死亡是按名字的字母先后顺序排列的，那么下一个就是你了，撒母耳。”蒂亚戈在墓地里说。

“我不太喜欢法式薄煎饼。”撒母耳说。

“我也不太喜欢。”我说。

“我也不太喜欢。”蒂亚戈说。

我们谁也不会要更多的法式薄煎饼了，9月会有一次晚宴，但没人会要求更多，这意味着9月我们再次参加守灵仪式的可能性很小。

那天下午晚些时候，当佩德罗的守灵仪式在教堂举行时，撒母耳、蒂亚戈和我在墓地的小径上徘徊，身后是一片越来越沉重的寂静。我通常觉得不说话不行，但即使是我也什么都没说，蒂亚戈也使劲儿忍着不去问他急于问撒母耳的所有问题。他深深地吸气想开口讲话，但试了十几遍都缺乏勇气，最后，撒母耳说话了，他停在一个挥舞着剑的天使雕像前，这雕像是一座陵墓上的装饰物。

当我们往回走的时候，撒母耳开始用一种与自己争论的语气说：“某些文化中提到了一个神圣的刽子手，他是必不可少的凶手，在必不可少的仪式中扮演他的角色，但他总是不被人理解。他几乎总是被放逐，只有当他成为一个神话时，人们才会理解他。例如，该隐[①]，《圣经》中的一个恶棍，随着时间的流逝，成为一个完全受人尊敬的人物——该隐族长，城市的创始人……”

我以为他是在为自己辩护，于是我冒险问道：“这个神圣的刽子手是自己选择了他的角色，还是别人选择了他？”

“没人选择他，历史选择了他。必须选择他。”

“但是谁认为仪式是必不可少的呢？以我们的情况为例？”

“你说‘我们的情况’是什么意思？”

我们停止了行进。

“我是说对我们而言，撒母耳。”

蒂亚戈再也控制不住自己了，巧克力小子，强迫

① 该隐，该隐是亚当夫妇的长子，因为嫉妒弟弟亚伯而杀了他，后受上帝惩罚。他是《圣经》中的杀亲者，是世界上所有恶人的祖先。

症患者，需要事实。

“你和卢西迪奥早就认识彼此了，是不是，撒母耳？”

撒母耳什么也没说。然后他点了点头，又补充说：“不太熟。”

“他是神圣的刽子手，那你是什么身份呢？”

这是我提的问题。他悲伤地摇摇头，就又开始走了，我们跟在后面。他没有回头，只是说：“你根本不明白。”

当送葬队伍离开时，我们回到了教堂。我们跟在送葬队伍后面，像被放逐者一样与他们保持着距离。我看见了吉塞拉，她把目光移开了，斯佩克特先生又给我发了个信号，我明白他是在告知我他即将来访。佩德罗被葬在家族墓穴里，在他父亲旁边，无人发表墓前讲话。我们隔着一段距离站着。玛拉搂着多纳·尼娜，她看起来很平静。她的佩德罗终于摆脱了一切传染。当这一小群送葬的人开始散开时，坐在我旁边的撒母耳才又开口说话。

“对我们而言，我是那个将被处决的人。”

我们是开着蒂亚戈的车去守灵仪式的。我没有车，我从未被允许开车上路，自我孩提时起，我就展现出容易发生意外的天赋，这是我唯一明显的天赋。在从墓地回来的路上，蒂亚戈说：“我不知道你怎么想，但我认为是时候结束这个小游戏了。”

撒母耳和我什么也没说，蒂亚戈接着说：“那么好吧，我们会吃完最后的晚餐，吃完薄饼，然后停下来，对吧？”

我们继续沉默着。撒母耳坐在蒂亚戈旁边的副驾驶座位上，我坐在汽车的后排座位上。

“我想我们应该在别人告发之前，先告发卢西迪奥，吉塞拉正在采取行动。她说她要调查亚伯的死因，她要提出指控。现在，他们随时都可能逮捕卢西迪奥和我们，还有他，哦，我不知道，我想是作为同伙吧，还有一件事……”

“‘顽童’。”我说。

撒母耳转过头来。

“什么？”

“‘顽童’，这是从哪里来的？”

“《李尔王》。”

“你们根本没听我说话，该死！”蒂亚戈生气地说。

这是完整的引语。第二天，我在购物中心买了一本《李尔王》的平装本，我的英语甚至比我的记忆力还差，在过去的几个月里，我从卢西迪奥和撒母耳的口中听到了许多名言，要想把它们全部查抄下来并不容易。但是“顽童”就在那里，第四幕第一场。“天神对于我们，正像顽童对于苍蝇一样，他们为了戏弄而把我们杀害。”拉莫斯跟我提过他的“顽童”，一个在巴西，另一个在巴黎。在巴西的那个人是撒母耳，一个出类拔萃的“顽童”，在巴黎的那个人是卢西迪奥。拉莫斯也许为卢西迪奥的烹饪课支付了学费，他可能已经把他对“莎士比亚和酱汁”的喜爱传给了这两个人。毫无疑问，他让他们两人都把《李尔王》的全部内容背熟了，从我掌握到的情况来看，这并不完全是爱的证明。在我在商场买的版本中，每一页的脚注都占了很大一部分，用来解释那些难懂的单词，解释比实际文本还要长。在过去的几个月里，卢西迪奥和撒母耳一直在用《李尔王》中的台词进行决斗。不管发生了什么事，都关系到卢西迪奥和撒母耳，这与我们，与我们的惩罚或我们的救赎无关。之前撒母耳说：“我是那个将被处决的人。”我们只是苍蝇，我们像苍蝇一样快死了。

我父亲兑现了他停止给我零用钱的威胁，我的银行账户里没钱了。莉薇娅不会让我饿死，但我需要找到一种赚钱的方式来维持生计，我什么都不会做。有一次，我想到写专门的烹饪书。一本关于春药大餐的指南，另一本关于完全是红色、白色或棕色膳食的指南。一本来自世界各地的充满异国情调的美食书，里面有狗、猴子、蚂蚁、蚱蜢等食材。一本汇编了在奇怪的处境下做的或吃的食物，比如在沥青上煎的鸡蛋，三码宽的比萨饼，放在肚脐上供人舔舐的果冻。没人会买同性恋连体姐妹的故事，特别是现在他们已经进入了终极恐怖的末期，为了不被她的吸血鬼姐姐咬，泽纳德被迫永远保持清醒，和祖米拉无休无止、漫无边际地谈论人性、食欲、痴迷和死亡。莉薇娅认为，既然我从未长大，我就应该为孩子们写作，我一直在想办法改编同性恋连体姐妹的故事，使它们适合儿童。

蒂亚戈来到我的公寓吃薄饼晚餐时心情很好，他说："所以我们达成一致，今晚没人会毒死任何人，对吗？”

卢西迪奥在厨房里，撒母耳坐在我书房里的一张皮扶手椅上。我为蒂亚戈开了门，然后回到撒母耳对面的那张扶手椅上，在过去的十五分钟里，我注意到他一直沉默着，很阴险。我们没有注意到蒂亚戈，他收回了微笑，瘫倒在另一张皮扶手椅上。撒母耳到这儿以后一句话也没说，又沉默了五分钟，我开口了。

“那么，你就是那个将要被处决的人了。”

“没错。”

“被卢西迪奥处决。”

“没错。”

“为什么？”

“复仇。”

我们坐着等撒母耳继续说下去，但他不准备让我们轻易拿到他的供词。

“卢西迪奥有什么可报复的？”蒂亚戈问道。

“拉莫斯的死。”

蒂亚戈和我面面相觑。这一次轮到我发问：“你和拉莫斯的死有什么关系？”

“我是刽子手。”

我以为他指的是艾滋病。撒母耳一直是拉莫斯的情人，他觉得拉莫斯的病与他有关，但蒂亚戈却有不同的想法。他没时间解读隐喻，他喜欢简单直接的侦探小说。

“拉莫斯死于艾滋病。”

“不，他中毒了，我毒死了他。”

我还以为他是在隐喻。

“你是说你用病毒毒死了他？”

“不，我用薄荷酱毒死了他。”

卢西迪奥走进书房，说有两种鱼子酱可以搭配头盘法式薄煎饼：黑鱼子酱和红鱼子酱[①]。我们是想要两种都

① 黑鱼子酱是鳕鱼卵制成，红鱼子酱是鲟鱼卵制成。

上呢，还是我们偏好其中的一种呢？我们一致投票赞成两者兼得。卢西迪奥回到了厨房。

那么，神圣的刽子手就是撒母耳，他杀死拉莫斯是为了加速拉莫斯的死亡。当他提到墓地里那个神圣的刽子手时，他并没有想到卢西迪奥。他是那个必不可少的凶手，卢西迪奥是在报复，我们是苍蝇。

“现在，等一下，等一下……”

蒂亚戈完全迷惑了，他要求澄清信息：“你毒死了拉莫斯，卢西迪奥发现了……”

我插嘴说：“卢西迪奥是怎么知道的？”

“拉莫斯告诉他的，在他生命的最后一天，他在医院给卢西迪奥写了一封信。”

“拉莫斯知道你毒死了他吗？”

“他让我毒死他的。”

“现在，等一下，等一下……”

“你在拉莫斯参加的最后一次晚宴上，往薄荷酱里加了毒药，因为你知道只有他才会往羊肉上放薄荷酱。因为你爱他，想要减轻他的痛苦，因为他要求你这么做。”

撒母耳闭着眼睛坐着，手撑着头，指尖放在太阳穴上。他睁开眼睛，久久地盯着我，然后才开口说话。

“我爱你们所有人，丹尼尔。”

蒂亚戈越来越不耐烦了。

“现在，等一下，让我们重温……”

“你到底想从我们这里得到什么，撒母耳？你肯定从一开始就知道，我们谁也成不了大器。从我们混在阿尔伯里酒吧的日子开始，你就知道永远没人能成为大人物。你想救我们，你为我们尝试了所有的恶习，你为我们战斗，你几乎为我们而杀死了你自己，你甚至为我们和玛拉上床，而我们从不知道你想从我们这里得到什么。”

“现在太晚了。”撒母耳笑着说，露出了他那变黑了的牙齿。

蒂亚戈想回到他感兴趣的那部分。如果卢西迪奥想报复杀死拉莫斯的撒母耳，他为什么不先毒死他呢？为什么要杀了别人，而留下撒母耳一人？撒母耳朝我的方向做了个手势，仍然微笑着，表示给我为他答话的权利，我拥有发言权。

“因为他们都是坏孩子，蒂亚戈。因为卢西迪奥想向撒母耳证明，他甚至可以比他更残忍。因为卢西迪奥所能做的最好的报复不只是杀死撒母耳，还要先杀死他所爱的每一个人，我们只是苍蝇。”

“还有因为他，”撒母耳又说，他指的是刚刚走进书房宣布吃过晚饭的卢西迪奥，“是个十足的杂种。”

他从扶手椅上站起来，补充说：“从这个词最烂的贬义上来说。”

我们向饥饿、拉莫斯、亚伯、若昂、马科斯、扫罗、保罗和佩德罗敬酒，喝了加冰的伏特加酒。我们吃了头盘法式薄煎饼，配着红鱼子酱和黑鱼子酱，卢西迪奥仍然站在桌边。他没有参与谈话。

“而你只是保持沉默，”蒂亚戈说，“你让他一个接一个地杀了我们……”

“我想看看他能走多远，”撒母耳一边说，一边往黑鱼子酱上挤柠檬汁，“管它叫病态的好奇心吧。”

“但是，但是……”

蒂亚戈气得几乎忘了鱼子酱的事，他当然不会被鱼子酱噎死。

“那么我们在这儿干什么呢，蒂亚戈？”我问，“为什么我们允许自己被毒死呢？”谁也不想错过卢西迪奥主厨的晚宴，当然，除了那些已经死去的人。

“我来是为了珍馐美味，而不是为了穿肠毒药。”

“可是你来了。”

撒母耳吃完了法式薄煎饼和鱼子酱，他总是比我们吃得快，他说：“你从一开始就知道这是某种形式的惩罚，而卢西迪奥就是刽子手。只是你们都认为仪式和你们有关，报应是针对你们的，你们是罪人。每个人死的时候都坚信他们活该死去。”

“除了安德烈。”我纠正他说。

“谁？”

“安德烈。”

我们没有向安德烈敬酒。安德烈的死是个意外。他是整个事件中唯一无辜的人。

“但不管怎样，现在结束了。”蒂亚戈说。

“不，没结束。”撒母耳说。

“结束了，结束了。吉塞拉正在采取法律行动，她会起诉你的，我也将采取措施。这种疯狂已经结束了。神圣的刽子手，报应……我的眼睛！我的朋友们，这纯粹是谋杀。”

蒂亚戈望着正在收拾空盘子的卢西迪奥，觉得有必要补充一句："你明白，这不是针对个人的。"

头盘法式薄煎饼过后，又上了更多的法式薄煎饼，上面有各种各样的配料。蒂亚戈坚持让卢西迪奥和我们一起坐在餐桌旁，只是为了表明他没有什么不好的感觉。不管怎么说，卢西迪奥是一个伟大的厨师，值得我们钦佩和尊敬。蒂亚戈满意地看到卢西迪奥吃了他自己准备的食物。

我们吃了一点儿法式薄煎饼，我们都不是特别喜欢。卢西迪奥提出再做几个，被我们拒绝了。对蒂亚戈来说，重要的是不要让卢西迪奥离开我们的视线，哪怕只有一秒钟，尤其是在厨房里。

"你真的不想再要了吗？"卢西迪奥问蒂亚戈。

"不，谢谢你。"

"甜点？"

蒂亚戈犹豫了。

“是更多的法式薄煎饼吗？”

“不，是法国巧克力侯爵夫人蛋糕。”

蒂亚戈使劲儿咽了口唾沫。

“法国巧克力侯爵夫人蛋糕吗？”

“没错。但只有一个问题……”

“那是什么？”

“只够一个人吃，我没有时间，而且……”

巧克力小子看了我们一眼，表情非常悲伤。我们对他做了什么？

“你吃吧，巧克力小子。”我说。

“是的，蒂亚戈，你吃吧。”撒母耳说，“我不想吃。”

“可我也不想吃！”蒂亚戈尖叫。

“那我就把它吃了。”卢西迪奥说，他往厨房走去。

“等等！”

卢西迪奥转过身来。蒂亚戈问他是怎么做法国巧克力侯爵夫人蛋糕的，卢西迪奥详细地告诉了他。正当卢西迪奥说话的时候，蒂亚戈似乎慢慢崩溃了，就像一个人在慢镜头中瘫痪了一样。当卢西迪奥描述完之后，蒂亚戈瘫倒在桌子上，双臂垂在身边，头枕在桌布上，他保持着这个姿势说："我要吃。"

卢西迪奥站在餐桌旁，巧克力小子狼吞虎咽地吃着法国巧克力侯爵夫人蛋糕，泪水顺着他的脸颊淌下来。

"'你知道悲伤的傻瓜和幸福的傻瓜之间的区别吗？'"

我已经找到了。李尔王，第一幕第四场。

撒母耳从椅子上站起来，走到卢西迪奥跟前。

撒母耳说："我们得安排 10 月的晚宴。"

卢西迪奥说："15 号。"

撒母耳说："在这里。"

卢西迪奥说："我掌厨。"

撒母耳说：“我最喜欢的菜是炖牛肉加木薯粉鸡蛋饼和油炸香蕉。”

卢西迪奥说：“你最喜欢的菜是卡苏莱[1]。”

撒母耳说：“我已经变了。”

---

① 卡苏莱，源于法国西南方的特色菜。用白扁豆加上各种肉类如鹅肉、羊肉、鸭肉、猪肉等炖制成的豆焖肉。

十、油炸香蕉

“喜爱黑夜的东西，不会喜爱这样的黑夜。”《李尔王》，现在你可以问我任何你喜欢的关于它的引文。“在这样的夜晚……”那是一个莎士比亚式的暴风雨之夜，雷声效果板上发出人造的电闪雷鸣。撒母耳和卢西迪奥在我的公寓里，在我那空荡荡的房间里见面了，这是他们故事的最后一幕。在巧克力小子的葬礼上，因为他们不让我们进入墓地，我们在远处目睹了这场葬礼。那时撒母耳说：“我当然要去赴晚宴，这是我欠俱乐部的。”

"我以俱乐部的名义免除你的债务。"

"现在太晚了。"

"在这样的夜晚……"外面下着倾盆大雨，风吹得窗户都摇晃起来。当卢西迪奥端着盛有炖牛肉、木薯粉鸡蛋饼和油炸香蕉的托盘走进大客厅时，灯光全都熄灭了。相当长一段时间，只有闪电照亮了我们进食的场景：撒母耳和我吃着炖牛肉，炖牛肉、木薯粉鸡蛋饼和油炸香蕉把我们的嘴塞得满满的，我们像猪一样呼噜呼噜地吃着，卢西迪奥拘谨地站在餐桌旁，他围着长长的白色围裙，每一次闪电亮起，都把餐桌布和墙壁映成蓝色，我们边吃边大口喝可口可乐，就像我们以前在阿尔伯里的酒吧那样。等灯光再度亮起，我们已经吃完了。卢西迪奥问撒母耳是否还想要更多，撒母耳说不用了。

"不用了？"

"听着，别误会，不过阿尔伯里的炖牛肉要好得多。炖牛肉不是你的拿手好菜。"

“你确定你不想再吃了吗？”

撒母耳过了一会儿才回答，外面的街道上有洪水，有飓风，还有刮破他们脸颊的风。“好吧，”撒母耳说，“再给我来一根油炸香蕉。”

如果撒母耳之前曾准备了遗言，但他没来得及说。吃完油炸香蕉八分钟后，他就死了，痛得身体扭曲。他是我唯一亲眼目睹死亡的人。我眼睁睁看着他临死前的垂死挣扎，呆若木鸡，手紧紧抓住桌子边缘，无法将视线从镶花地板上抽搐的身体上移开。看到撒母耳的死，我打消了让自己也被毒死的念头，也打消了按逻辑把仪式进行到底的念头。那个特别的故事结束了，我不知道我为什么得救了，也许只是为了成为幸存下来讲述这个故事的人。让撒母耳身体抽搐不已的痉挛终于停止了，我刚要站起来，卢西迪奥却用手势拦住了我。他把尸体拖到我的一张沙发上。然后，当他开始清理桌子时，他说：“叫救护车。”

“救护车？”

“他们会以为他是心脏病发作。”

“可是他的家人呢……”

“他没有家人，他孑然一身。”

“但是他们会起疑心的……”

“为什么？”

“又死了一个人。”

“所以？”

卢西迪奥正要回厨房去。我又坐了下来，目瞪口呆、不知所措，然后我跳了起来。救护车、电话，电话在哪里？我在自己的公寓里，但我不知道电话在哪里，这时候电话铃响了。我循着声音找到它，电话是莉薇娅打来的，她想知道我是否吃了东西。

“是的，我已经吃过了。”

“什么？”

“你说‘什么’是什么意思？”

“津，你吃了什么？”

“炖牛肉、木薯粉、香蕉。”

莉薇娅很惊讶。之前她在我冰箱里放了够我吃一周的冷冻食品，里面可没有这些东西。炖牛肉？木薯粉？香蕉？

“我这就过来，津。你听起来怪怪的。”

“不，不要，你不能在这样的暴风雨中出门。”

“什么暴风雨？”

我向窗外望去，没有暴风雨。

“我很好，我现在要上床睡觉了，我们明天再聊。”

“你听说吉塞拉的事了吗？”

“没有，她怎么了？”

“她死了。”

“什么？但她是怎么死的？”

“貌似她的心脏衰竭了。”

“她的心脏？在十八岁就衰竭了吗？”

“没错。”

卢西迪奥主动告诉救护人员发生了什么事，我没心情说话。

我们正在吃饭的时候，撒母耳突然站了起来，捂着胸口，接着他就倒在了餐桌底下，我们曾试着救活他，但没有成功。不，我们不认识他的家人。他独自居住。他的死讯应该告知谁，我们不知道。谁来支付葬礼的费用？卢西迪奥瞥了我一眼。我点了点头，开始计算可以在我的公寓里卖些什么以便拿到一笔钱。

10月的守灵仪式，撒母耳的守灵仪式，只有我和斯佩克特先生参加了。莉薇娅不肯和我一起去，自从她发现撒母耳死在我的公寓后，就没跟我说过话。当我告诉她这真的是心脏病发作时，她不相信这与晚餐、俱乐部和疯狂无关，斯佩克特先生小心翼翼地走近，问道：“癌症？”我回答说：“心脏。”他摇摇头，说了些当时我没明白的话：“我相信他不会后悔的。”

我安排斯佩克特先生两天后来看我，跟我谈谈，他意识到现在不是时候。埋葬了撒母耳之后，我叫了一辆出租车，让司机把我送到我们以前住的地方。我已经很多年没去那里了。在阿尔伯里的酒吧原来所在的位置，现在开了一家音像店。我站在人行道上，盯着新建筑，努力回忆旧建筑的样子，我又叫了一辆出租车，回到我的树屋。如果我免于死亡是为了记得，那么我会做一件很糟糕的事情。这就是我开始写作的原因。

斯佩克特先生开始说，他通过一个朋友听说过我们的“组织”，他对我们在做什么很感兴趣，因为这与他自己的想法有共鸣，或者更确切地说，这不仅仅是他的想法，而且是他所代表的一群人的想法，一群人。

“对我们在做什么感兴趣？”

“没错。我不知道该怎么形容它……也许是，安乐死？”

“安乐死？”

“舒适的死亡？”

“舒适的死亡？”

“极乐登仙？”

“极乐登仙？”

“您管它叫什么，先生？”

“我该管什么叫什么？”

“您所做的，用过量的他们最喜欢的东西杀人。”

他以为我保持沉默是出于小心谨慎，急忙向我保证，我可以信任他，我们达成的任何协议都将严格保密。

“对，嗯。是的。你的这位朋友……你能告诉我他到底对你说了什么吗？”

“他不仅仅是我的朋友，真的，他是我的堂兄，他是个医生。他当时正在治疗一位晚期癌症患者，这么说吧，那个病人决定利用你们组织提供的服务，让你们杀死他。我的这位朋友，这位堂兄，显然不赞成，尽管他并不完全反对这个概念。”

“什么概念？”

“关于……快乐的安乐死。”

“快乐的安乐死？”

“纵欲而亡。”

“纵欲而亡？”

“激情欢乐之死。”

“激情欢乐之死？”

“富有同情心的神化？”

“富有同情心的神……听着，这个病人到底跟医生说了什么？”

“你用临终病人选择的方式杀死了他们，用过量的美食、过量的性、过量的任何能带给他们快乐的东西。”

若昂一直是个骗子。

“你到底想说什么？”

“我代表一群有兴趣参与这项倡议的人。”

“你代表了一群有兴趣投资我们的，呃，组织的人吗？”

“不，不。他们对使用你的服务感兴趣，他们对死在你手里感兴趣。”

我一定是做了个鬼脸，因为斯佩克特先生很快补充道：“并准备为此支付高额费用，提前付钱，当然是的。”

“当然。”

我需要时间考虑一下，我需要咨询，嗯，组织的其他成员。我们从未考虑过把我们的业务范围拓展至此，我们通常只帮助我们的朋友。在某种程度上，我们是一个死亡俱乐部，我们制造了天使，但只制造我们认识的天使，总以为那些死在我们手里，乞求更多更多更多的人都可以被称为天使。我相信你会理解，我们需要考虑实际细节、道德内涵以及可能会涉及的法律问题，这并不容易。斯佩克特先生说他能理解，我们商量好明天他会回来确认我们的答复。在他离开的时候，我问斯佩克特先生他自己是不是得了绝症，他谦逊地说“不”，他只是个中介，但是他承认，他常常在想，能够计划自己如何死去，一定会带来幸福。这有点像在你读整个神秘故事之前看书的最后一页。以这样的方式，你的阅读会更明智。

我给卢西迪奥打了电话，担心他可能已经离开了这座城市。但他仍然住在同一套公寓里，他根本没有离开的意思。也就是说，他一点儿也不担心我会泄露我所知道的关于他可怕的报复的一切。因为他也干掉了吉塞拉，虽然我不知道他是怎么办到的。既然我不承认自己参与了这件事，就不可能谴责他，那么他要做的就是等待随着时光的流逝，人们逐渐忘记炖牛肉俱乐部的悲惨消亡，然后，他可以用拉莫斯给他留下的遗产开一家餐厅。我把斯佩克特先生的来访和他的提议告诉了他，我以为卢西迪奥会放声大笑，但是卢西迪奥从来不笑。他问我是否确定斯佩克特先生的身份正如他自己介绍的那样，他可能是一名督察，也许正在进行调查，也许他编造了一群人想死于极乐的整个故事，因为他知道我喜欢听令人难以置信的故事。他建议我们明天请斯佩克特先生吃晚饭，以便讨论他的建议。他说："毕竟我还没给你做法式烤羊腿呢。"

今天，当斯佩克特先生来的时候，我打算请他吃晚饭。我希望他也喜欢法式烤羊腿，我越想，就越喜欢他的主意。如果卢西迪奥同意，我们可以赚很多钱，而我需要钱，圣爱斯泰夫的葡萄酒越来越贵了，除了马科斯的画没人想买，我公寓里的其他东西都卖光了。斯佩克特先生做我们的代理人，为我们提供渴望体验我们富有同情心的神化的客户，我们甚至可以考虑拓展业务，让它更像若昂为他的医生编造的谎言，让它更像讲笑话的人讲的怪诞故事。我能看到我们不仅在我的空房间用盛大的晚宴杀死绝症病人，还为垂死之人组织加勒比海的邮轮旅行，带百万富翁参观欧洲列国的首都，访问亚洲的邪恶窝点，享受世间所有限定的乐趣，为那些想要更多的人提供终有一死的冒险，最终的狂喜，极端的致命，最高的性高潮，不朽的勃起，无论他们是谁，总是想要更多更多更多更多更多更多更多更多更多更多更多更多更多更多……丹尼尔，别这样！